Für Tatjana

WLADIMIR KAMINER

Meine kaukasische Schwiegermutter

GOLDMANN
Lesen erleben

Buch

Wladmimir Kaminer kennen viele Menschen. Den Kaukasus nur wenige. Und Wladimirs kaukasische Schwiegermutter kennt praktisch niemand, nimmt man die Familie des Schriftstellers sowie die Einwohner des Dorfes Borodinowka an der Steppenstraße im Bezirk Mineralowodski innerhalb des Bezirks Stawropolsky einmal aus. Das ist schade, denn sowohl der Kaukasus als auch die Schwiegermutter stecken voller Geschichten. Und nun können auch neugierige Besucher in diese fremde Welt eintauchen. Sie erfahren, wie die russische Volkspost funktioniert, die mit der normalen Post nichts zu tun hat. Man lernt, dass im Kaukasus Melonen als Beeren betrachtet und in männliche und weibliche unterschieden werden. Und natürlich geht es auch um Sitten und Gebräuche, über die man Bescheid wissen sollte, um als Fremder keine bösen Überraschungen zu erleben.

Als Wladimir Kaminer auch noch mit dem Fernsehen anrückt, um eine Dokumentation über die Gegend und ihre Bewohner zu drehen, steht ganz Borodinowka kopf …

Autor

Wladimir Kaminer wurde 1967 in Moskau geboren und lebt seit 1990 in Berlin. Er veröffentlicht regelmäßig Texte in verschiedenen Zeitungen und Zeitschriften und organisiert Veranstaltungen wie seine international berühmte „Russendisko“. Mit der gleichnamigen und mittlerweile verfilmten Erzählsammlung sowie zahlreichen weiteren Büchern avancierte er zu einem der beliebtesten und gefragtesten Autoren Deutschlands. Alle Bücher von Wladimir Kaminer gibt es von ihm selbst gelesen auch als Hörbuch. Mehr Informationen zum Autor unter www.wladimir-kaminer.de.

Außerdem von Wladimir Kaminer lieferbar:

Russendisko. Erzählungen (54175) · Frische Goldjungs. Hrsg. Von Wladimir Kaminer. Erzählungen (54162) · Militärmusik. Roman (45570) · Schönhauser Allee. Erzählungen (54168) · Die Reise nach Trulala. Erzählungen (45721) · Helden des Alltags. Erzählungen (mit Fotos von Helmut Höge, 54183) · Mein deutsches Dschungelbuch. Erzählungen (45945) · Ich mache mir Sorgen, Mama. Erzählungen (46182) · Karaoke. Erzählungen (54243) · Küche totalitär. Das Kochbuch des Sozialismus (54257) · Ich bin kein Berliner. Ein Reiseführer für faule Touristen (54240) · Mein Leben im Schrebergarten (54270) · Salve Papa. Erzählungen (54282) · Es gab keinen Sex im Sozialismus. Erzählungen (54265) · Meine russischen Nachbarn. Erzählungen (47547) · Meine kaukasische Schwiegermutter. Erzählungen (47366) · Liebesgrüße aus Deutschland. Erzählungen (gebundene Ausgabe, 54657) · Onkel Wanja kommt. Eine Reise durch die Nacht (gebundene Ausgabe, 54658)

Wladimir Kaminer

Meine kaukasische Schwiegermutter

Mit Illustrationen
von Vitali Konstantinov

GOLDMANN

FSC
www.fsc.org
MIX
Papier aus verantwortungsvollen Quellen
FSC® C014496

Verlagsgruppe Random House FSC-DEU-0100
Das FSC®-zertifizierte Papier *München Super* für dieses Buch
liefert Arctic Paper Mochenwangen GmbH.

1. Auflage
Taschenbuchausgabe Oktober 2012

Umschlaggestaltung: UNO Werbeagentur, München,
unter Verwendung der Umschlaggestaltung
der Agentur R•M•E, Roland Eschlbeck/Rosemarie Kreuzer
Coverillustration und Illustrationen im Innenteil:
Copyright © 2010 by Vitali Konstantinov,
Agentur Susanne Koppe, www.auserlesen-ausgezeichnet.de
AB · Herstellung: Str.
Druck und Bindung: GGP Media GmbH, Pößneck
Printed in Germany
ISBN 978-3-442-47366-3

www.goldmann-verlag.de

Inhalt

FÜR IMMER JUNG: MEINE SCHWIEGERMUTTER UND MICK JAGGER

Im Juli hatte meine Schwiegermutter Geburtstag. Siebenundsechzig Jahre ist sie geworden. Sie wohnt im Nordkaukasus auf einer ehemaligen Rinderfarm, auf der es aber schon seit Jahren keine Rinder mehr gibt. Hier haben sich Kosaken aus Tschetschenien eingenistet, die 1992 aus Grosny geflüchtet waren, als dort der tschetschenische Aufstand ausbrach. Kosakenfamilien halten traditionell eng zusammen, und so hatten sie in kürzester Zeit auf dem verlassenen Farmgelände Häuser gebaut, die Wasserleitungen repariert und sogar Strom von der nahegelegenen Eisenbahnlinie abgezweigt. Sie pflanzten Tomaten, Kartoffeln und Wassermelonen an und besorgten sich Hühner sowie ein paar Schweine. Mittlerweile leben die Grosnyer Kosaken im Nordkaukasus wie die Götter in Frankreich. Die einheimischen Säufer im Dorf nebenan sind blass vor Neid. Sie hatten nie eine funktionierende Wasserleitung und Strom sowieso nicht. Deswegen nennen sie die Kosakensiedlung jetzt »Judenfarm«.

Meine Schwiegermutter ist Witwe, ihr Mann war noch in Grosny an Herzversagen gestorben. Aber auch allein kommt sie gut mit ihrem Riesengarten zurecht. Im Winter, wenn sie nichts zu tun hat, fährt sie nach Berlin, um uns und ihre Enkel zu besuchen. Im Sommer schuftet sie jeden Tag von früh bis spät auf ihrem Grundstück. Deswegen hatten wir bisher noch nie Gelegenheit, ihren Geburtstag zusammen zu feiern. Doch dieses Jahr hat sie eine Ausnahme gemacht.

»Ich pfeif' auf die Tomaten«, sagte sie sich, »und auf die Kartoffeln ebenso, man lebt schließlich nur einmal.«

Also kam meine Schwiegermutter im Juni nach Deutschland. Zu ihrem Geburtstag kochte sie viele leckere Sachen. Wir tranken selbst gemachten Wein, den sie mitgebracht hatte, und sangen bei uns in der Küche Kosakenlieder. Der Wein aus dem Nordkaukasus ist ein besonderes Getränk – durchsichtig wie Wasser und stark wie Wodka. Man bekommt von ihm schnell weiche Knie, behält aber einen klaren Kopf.

Meine Schwiegermutter hat eine wunderbare Stimme, aus ihr hätte eine tolle Sängerin werden können. Aber in Grosny gab es solche Ausbildungsstätten nicht, nur ein Öl- und Gas-Institut. Deswegen ist sie Geologin geworden. An ihrem Geburtstag liefen im Rundfunk den ganzen Tag Stücke von den Rolling Stones. Das war kein Zufall. Mick Jagger hat nämlich am selben Tag wie meine Schwiegermutter Geburtstag. Genau wie sie wurde er am 26. Juli 1943 geboren – ich war erstaunt: Der alte Sack kam tatsächlich zusammen mit meiner Schwiegermutter zur Welt, sie in Grosny, er in Dartford. Und beide singen gern. Das ist ganz sicher kein Zufall. Die moderne Wissenschaft behauptet ja sowieso: Es gibt keine Zufälle. Alles, was mit uns geschieht, hat einen tieferen Sinn. Vielleicht bin ich da einer neuen Theorie auf die Schliche gekommen, die uns das Geheimnis ewiger Jugend erklärt?

Meine Schwiegermutter und Mick Jagger – die beiden haben vielleicht noch viel mehr Gemeinsamkeiten. Ich schlug die Autobiographie von Mick Jagger auf, um mehr über ihn zu erfahren: Er ging zur Schule – meine Schwiegermutter auch. Für Musik interessierte sich Mick Jagger lange Zeit nicht, Elvis Presley und Little Richard ließen ihn kalt. Nur ein Konzert von Buddy Holly im Jahr 1958 erregte seine Aufmerksamkeit. Meine Schwiegermutter weiß bis heute nicht, wer das ist. Mick trieb gern Sport, er spielte Basketball. Als meine Schwiegermutter zur Schule ging, war die angesagteste Sportart in Grosny das Schweinereiten. Alle Kinder veranstalteten nach der Schule Schweine-Rodeos. Wer sich auf dem Rücken eines Schweins halten und auf ihm die Straße überqueren konnte, hatte gewonnen. Bei diesen Wettbewerben war meine Schwiegermutter nicht die Schlechteste. Obwohl eher klein, hielt sie sich dabei an den Ohren der Tiere fest.

Für Musik interessierte sie sich damals nicht, stattdessen ging sie mit ihren Freundinnen gerne in das einzige Eiscafé der Stadt, Café Minütchen auf dem Platz des Sieges in Grosny. In Dartford gab es eine solche Einrichtung anscheinend nicht, deswegen hing Mick Jagger mit seinem Kumpel Keith Richard immer am Dartforder Bahnhof herum, wie man seiner Autobiographie entnehmen kann. Er träumte damals noch nicht von einer Karriere als Musiker, ebenso wenig wie meine Schwiegermutter. Als Mick mit der Schule fertig war, studierte er an der London School of Economics. Jeden Tag fuhr er mit dem Zug zu seinen Vorlesungen, meine Schwiegermutter ging dagegen zu Fuß zu ihrem Öl- und Gas-Institut. Etwa 1961 fingen beide an, in der Öffentlichkeit zu singen, ohne sich vorher abgesprochen zu haben: Meine Schwiegermutter sang im Chor des Öl- und Gas-Instituts auf der großen Bühne des Kulturklubs russische Volkslieder. Mick Jagger trat in den zahlreichen Klubs in und um London mit englischen Songs auf.

Was geschah mit den beiden danach? Meine Schwiegermutter heiratete und fuhr mit ihrem Mann zusammen nach Sachalin, wo die beiden fünfundzwanzig Jahre lang als Geologen nach Öl und anderen Bodenschätzen suchten. Erst als Frührentner kehrten sie 1990 in ihre Heimatstadt Grosny zurück. Sie kauften sich ein Häuschen in der Stadt, nicht weit vom zentralen Platz des Sieges entfernt. Ein Jahr später brach der Aufstand aus. Die Panzer der sowjetischen Armee rückten in die Stadt vor und wurden von den tschetschenischen Partisanen mit Stinger-Raketen außer Gefecht gesetzt. Der Mann meiner Schwiegermutter starb, und sie musste ihr Haus mit seiner alten Jagdflinte mehrmals allein gegen die Rebellen verteidigen. Inzwischen weiß alle Welt, dass eine reguläre Armee im Kampf gegen Partisanen keine Chance hat. Auch dieser Krieg endete also mit einer Niederlage der Russen. Ihr letztes Bollwerk, das Eiscafé Minütchen auf dem Platz des Sieges, wurde von den tschetschenischen Rebellen eingekesselt. Dort befand sich der Stab von General Elisarow, dem Führer des russischen Marineregiments, dem man wegen seiner Rücksichtslosigkeit den Spitznamen »Schwarzer Tiger« gegeben hatte. Seine Offiziere hatten das Eiscafé in eine Festung verwandelt. Drei Tage hintereinander versuchten die Rebellen, sie zu stürmen – vergeblich. Ihre Leichen bedeckten den Platz des Sieges. Doch dann ging den Russen die Munition aus. Der »Schwarze Tiger« schoss sich eine Kugel in den Kopf. Meine Schwiegermutter flüchtete zusammen mit fünf anderen russischen Familien über die Grenze und ließ sich auf der erwähnten Farm nieder. Jedes Mal, wenn die Kosaken dort ein Fest feiern, bitten sie meine Schwiegermutter, für den Gesang zu sorgen.

Mick Jagger hat in der Zeit auch nicht geschlafen. Er wurde professioneller Sänger, gründete die Band Rolling Stones, wurde damit weltberühmt und heiratete mehrmals. Auch nach vierzig Jahren tritt er noch auf allen möglichen Bühnen auf. In einem goldenen Anzug singt und tanzt und springt er wie ein Teenager herum. Genau wie meine Schwiegermutter wird auch er einfach nicht alt.

DIE RUSSISCHE VOLKSPOST

Als ich heiratete, merkte ich, dass die Familie meiner Frau viel komplizierter gestrickt war als meine. Diese Familie war viel größer und dehnte sich geographisch über zehntausende von Kilometer aus – nach Süden und Norden über die ganze ehemalige Sowjetunion. Die Mitglieder hielten immer zusammen, selbst wenn sie einander kaum verstanden. Im neunzehnten Jahrhundert war die Familie wahrscheinlich noch größer gewesen. Als ich sie kennenlernte, sah der aktuelle Stand folgendermaßen aus: Im Zentrum der Familie stand Wassa Petrowna, die Großmutter meiner Frau. Sie hatte zwei Mal geheiratet, einmal vor und einmal nach dem Krieg, nachdem ihr erster Mann gefallen war. Den zwei Ehen entstammten drei Töchter und ein Sohn. Die älteste Tochter, Anastasia, heiratete ebenfalls zwei Mal, zuerst einen Traktoristen und dann einen Jongleur aus einem Wanderzirkus. Sie bekam zwei Kinder. Ihr Sohn kam sehr früh vom rechten Weg ab und saß zwei Mal wegen missglückter Raubüberfälle im Knast. Später bereute er seine kriminelle Karriere zwar, konnte sich aber trotzdem keinen anderen Job vorstellen. Wir haben uns einmal bei einer Familienfeier kennengelernt. Der Mann stand nüchtern und leise auf dem Hof vor dem Grill und starrte ins Feuer, während die anderen am Tisch Lieder sangen.

»Tolle Uhr!«, sagte meine Frau zu ihm und zeigte auf seine Armbanduhr, eine Rolex.

»Kannst du haben«, erwiderte er und krempelte die Ärmel hoch. Am Arm trug er noch zehn weitere Uhren. Außer Uhren hatte er noch eine Frau und ein Kind in Weißrussland. Die Frau hatte er während seiner Knastzeit kennengelernt. Noch während er einsaß, bekam er einen Brief von einer Unbekannten. Die Frau fühlte sich in der Freiheit wie im Gefängnis und wollte einem richtigen Knacki Briefe schreiben. Sie schrieben einander fünf Jahre lang, und sie wartete auf ihn, bis er entlassen wurde. Dann heirateten die beiden, aber die Romantik war inzwischen verflogen. Ohne Briefe funktionierte ihre Beziehung nicht.

Die Tochter von Anastasia heiratete das erste Mal ebenfalls unglücklich, bekam ein Kind und wollte ihre Heimatstadt Grosny so schnell wie möglich verlassen. Sie fuhr nach Lettland zu meiner Frau, die damals dort studierte, und wohnte mit ihr in einem winzigen Zimmerchen unter unmöglichen Bedingungen. Sie arbeitete auf einer Baustelle, sang in ihrer Freizeit im Kirchenchor, lernte dort einen Soziologieprofessor kennen und heiratete ihn. Ihr Kind aus erster Ehe wuchs zu einem sehr hübschen Jungen heran, der später eine Tochter aus reichem Haus heiratete. Ihre Familie war der größte Wodkaproduzent Lettlands. Er studierte internationales Recht und arbeitete dann zusammen mit seiner Frau in Washington bei der UNO.

Die mittlere Tochter von Wassa Petrowna studierte in Grosny zusammen mit ihrer jüngeren Schwester, meiner späteren Schwiegermutter, »geologische Schürfarbeit« im dortigen Öl- und Gas-Institut. Nach dem Studium ging sie nach Sachalin, wo man als Geologe das beste Gehalt bekam, und holte zwei Jahre später meine Schwiegermutter nach. Auf Sachalin heirateten die beiden Schwestern schnurrbärtige Geologen, der eine kam aus Leningrad, der andere aus einem Vorort von Wladiwostok. Wegen der schwierigen Wetterbedingungen zählte auf Sachalin ein Arbeitsjahr für zwei. Man konnte also theoretisch schon mit fünfzig in Rente gehen. Urlaube waren allerdings ein Problem. Wegen der großen Entfernung lohnte es sich nicht, jedes Jahr für zwei Wochen Urlaub in Richtung Sonne zu fahren. Beide Wochen brauchte man eigentlich allein für den Hin- und Rückweg. Deswegen sparten die Sachalinbewohner ihre Urlaubstage an und sammelten Urlaubszeit, wie man anderswo Briefmarken sammelt. Und für ein paar zusätzliche Urlaubstage spendeten sie sogar regelmäßig Blut. Für dreihundert Milliliter Blut bekam man nämlich nicht nur einen Schein für ein Mittagessen im Restaurant, es gab auch zwei Tage zusätzlichen Urlaub.

Mit fünfzig verließen die meisten Geologen die Insel. Die Familie der mittleren Schwester zog mit ihrem

Mann und den zwei Söhnen nach St. Petersburg, die Familie meiner Schwiegermutter ging nach Grosny zurück. Der einzige Sohn der Urmutter Wassa Petrowna – Georgij Ivanowitsch – ging nirgendwohin. Er blieb die ganze Zeit bei seiner Mutter, was ihn aber nicht daran hinderte, zwei Mal in Grosny zu heiraten – einmal unglücklich und einmal glücklich – und Vater von zwei Töchtern zu werden, die inzwischen auch eine Art Familie haben: Die eine hat einen Mann und die andere ein Kind.

Diese Kurzfassung des Familienstammbaums beschreibt nur einen Teil der Sippe. Viele Verwandte, die Brüder der Ehemänner, die Kinder der Kinder und eine Unmenge von Haustieren, zu denen unter anderem Igel, Füchse und Papageien zählen, konnte ich in dieser Beschreibung nicht berücksichtigen. Zahlreiche Familienmitglieder kenne ich bis heute nicht. Doch eines war mir sofort klar, dass ich es hier mit einer kompliziert gebauten Arche Noah zu tun hatte. Meine eigene Moskauer Familie, die aus drei Menschen und einer Katze bestand, wirkte im Vergleich zur Sippe meiner Frau wie ein Nussknacker gegen einen Eisbrecher. Die Großfamilie funktionierte tatsächlich wie ein Rettungsschiff. Alle, die dazugehörten, zogen einander gegenseitig hoch, und sie hatten immer auch klare Vorstellungen und Konzepte zur Lösung alltäglicher Probleme. Der Wohlstand der Familie erwuchs aus sehr unterschiedlichen Quellen: Die Arbeit auf einer staatlichen Baustelle half beim Bau eigener Häuser, und die Arbeit auf Sachalin, wo es zwar viel Geld, aber nichts zu kaufen gab, stärkte die Kaufkraft der Familie in Grosny, wo es umgekehrt kein Geld, aber viel zu kaufen gab.

Dieser Zusammenhalt, der bis heute gut funktioniert, beeindruckte mich sehr. In Berlin und auch früher in Moskau wohnten die Menschen lose nebeneinanderher. Irgendjemand mit irgendjemandem. Man konnte nur rätseln, was diese Menschen verband – eigentlich nichts außer der Sprache und dem Fernsehen. Die Familie meiner Frau dagegen ist wie ein lebendiger Organismus, der sich unaufhörlich weiterentwickelt. Inzwischen hat der Organismus seine Filialen in Berlin, Washington und Riga. Die Zentrale bleibt nach wie vor im Nordkaukasus auf der ehemaligen Rinderfarm Nummer 5 in der Steppenstraße. Dort wurde vor einem Jahr das jüngste Mitglied der Familie, die Enkeltochter von Onkel Joe, geboren: Baby Sonja. Für Baby Sonja und zwei andere Kinder im Dorf schicken wir von Berlin aus regelmäßig große Pakete mit Kindersachen. Unsere zwei Kinder wachsen nämlich so schnell, dass sie die meisten coolen Klamotten, die wir ihnen kaufen, immer nur kurze Zeit tragen können.

Für diese Postsendungen nutzen wir nicht die Deutsche Post. Auch die russische Post kommt nicht in Frage. Die Adresse von Baby Sonja ist zu kompliziert, die Farm liegt abseits von der kaukasischen Zivilisation, und man erreicht sie die meiste Zeit des Jahres nur mit dem Traktor. Dazu muss man auch noch über einen Berg fahren und an der richtigen, unauffälligen und nicht ausgeschilderten Stelle rechts abbiegen, sonst fällt man mit dem Traktor in die ehemalige Baugrube des Pferdekombinats. Solche Adressen kann man keiner staatlichen Post anvertrauen. Für unsere Kindersachenpakete heuern wir daher die sogenannte russische Volkspost an. Mit ihr dauert es zwar länger, ist aber sicher, und die Sachen kommen immer an.

Die russische Volkspost funktioniert wie die Familien-Arche nach dem Prinzip der gegenseitigen Solidarität. Ich weiß nicht, seit wann es die russische Volkspost in Deutschland gibt. Ich glaube, es hat sie schon immer hier gegeben. Sobald ein dritter Russe deutschen Boden betrat, wollte der zweite zurück, und der erste wollte mit dem zweiten etwas zu seinen Verwandten nach Hause schicken. Die russische Volkspost ist eine typische Emigrantenvereinigung, in der man einander hilft. Es gibt in Deutschland bestimmt auch eine türkische und eine vietnamesische Volkspost. Die ganze Welt besteht doch aus schwer zugänglichen Ecken, die die staatliche Post nicht erreicht. Aber ich selbst kenne nur die russische Variante. Sie funktioniert so:

Fast in jedem Bezirk gibt es eine Anlaufstelle für die Volkspost. Es kann eine Privatwohnung, eine Zahnarztpraxis oder ein Lebensmittelladen sein. Dort sitzt eine Oma und sammelt die Pakete ein. Einmal in der

Woche kommt jemand mit einem LKW, um diese Sendungen weiterzutransportieren. Sie werden alle nach Köln geschickt, weil sich da die Zentrale der Volkspost befindet. Von dort aus werden die Pakete dann einzeln auf verschiedenen abenteuerlichen Wegen weitergeleitet. Wie abenteuerlich der Weg eines Paketes ist, hängt davon ab, wer es mitgenommen hat. Die Pakete fahren mit Autos, manche fliegen auch oder liegen im Zug unter der Sitzbank. Es vergehen manchmal Monate, doch früher oder später biegt der Traktor auf die Steppenstraße ein, der Traktorist übergibt die Pappkiste, und dann schießt er noch ein Polaroidfoto von dem Empfänger, wie dieser die Postsendung glücklich in Empfang nimmt. Die Fotos werden als eine Art Empfangsbestätigung zurück an den Absender geschickt. Wir haben inzwischen eine ganze Wand voll von solchen Polaroidfotos unserer kaukasischen Verwandtschaft. Wie sie aus Spaß die Pakete hochheben oder mit dem Finger auf sie zeigen oder sich die Pakete an den Bauch pressen, oder wie sich Baby Sonja auf das Paket setzt. Letztes Mal, als wir im August Urlaub im Kaukasus machten, haben wir unsere eigene Paketsendung dort in Empfang genommen, ein Paket, das wir bereits Ende Juni verschickt hatten. Wir haben uns fotografiert und das Foto zu uns nach Hause nach Berlin schicken lassen, damit die Volkspost nicht ins Stocken gerät.

PHEROMONE

Im Kaukasus angekommen, gehen wir immer sofort zur Post. Als Ausländer muss man sich in Russland nämlich registrieren lassen, und das kann man entweder bei der Polizei machen, die jedoch ständig überarbeitet ist und nur selten Sprechstunde hat, oder bei einer Postfiliale. Natürlich gehen alle zur Post, weil die Post viel lustiger ist als die Polizei. Außerdem werden im russischen Kapitalismus bei der Post die verrücktesten Dinge verkauft, auf die man sonst kaum trifft und die nur entfernt etwas mit Kommunikation zu tun haben. Neben Briefmarken und Umschlägen stehen dort zum Beispiel ein Kleber für Mäuse Marke »Katzenfee« im Regal, ein plüschiger grüner Esel mit großen Zähnen und eine Packung mit Pulver, das »Gesünder« heißt. Letzteres sei eine Nahrungszugabe für zu kleine Schweine, damit sie schnell größer werden, klärte mich die Postangestellte auf.

Für Menschen hatte die Post »Pheromone« im Angebot. Es gab sie in zwei Sorten: »männlich« und »weiblich«. Diese Pheromone kosteten nur ein paar Kopeken und rochen nach nichts, sollten aber laut Beipackzettel das andere Geschlecht stark anziehen. Die Einnahme der Pheromone sollte die Partnersuche im Kaukasus vereinfachen, so habe ich das verstanden. Der Mann muss nun nicht mehr galant um die Frau kämpfen, Unmengen an Geld in teuren Restaurants ausgeben oder die Frau mit seinem Intellekt erpressen. Es reicht schon, sich mit dem entsprechenden Pheromon zu übergießen, danach wird er sich vor Frauen nicht retten können. Umgekehrt galt dasselbe für das weibliche Geschlecht. Die Frauen müssen nun nicht mehr in Stöckelschuhen und engen Miniröcken durch die Steppe torkeln, es reicht, wenn sie sich ein paar Pheromone aufs Haar schütten, und alle Männer des Kaukasus liegen ihnen zu Füßen. Ich musste über dieses Angebot lachen. Meine Landsleute hatten schon immer eine Schwäche für einfache Lösungen von komplexen Problemen. Menschen, die einander durch Einsatz von Chemikalien finden, Mäuse, die sich von alleine ankleben, Schweine, die über Nacht wachsen.

In einer Ecke des Postamtes stand ein kleiner Kiosk mit der Aufschrift »Volksapotheke«. Eine mollige Dame, die gerade noch in den Kiosk passte, saß darin auf einem kleinen Stuhl und verkaufte getrocknete Birkenblätter, Gräser, Blüten und andere Naturprodukte. Neben den Pflanzen lagen Zettel, die Deppen wie mich über die magische Wirkung der Mittel aufklärten. Die Erklärungen waren in einer knappen verständlichen Sprache verfasst. »Gut für Herz und Penis« stand zum Beispiel bei mehreren Trockenfrüchten. Neben einem Karton mit eklig aussehenden schwarzen Wurzeln hatte die Hand des Volkes »macht glücklich« geschrieben. Ich schüttelte nur den Kopf. Im Westen, wo wir seit zwanzig Jahren leben, ist der Weg zum Glück sehr viel umständlicher. Jedes Jahr werden dort Dutzende von Ratgebern zu diesem Thema verfasst. Wenn man diesen Sachbüchern Glauben schenkt, muss man mindestens ein buddhistischer, schlanker und erfolgreicher Steuerhinterzieher sein, um sich im Westen einigermaßen glücklich schätzen zu können. Im Kaukasus holen sich die Menschen einfach eine Glückswurzel für dreißig Rubel bei der Post. Glück ist im Kaukasus billiger als ein Kondom.

Die Mehrheit der Kunden, die vor dem Fensterchen dieser Volksapotheke knieten, waren alte erfahrene Hasen, die genau wussten, was ihnen fehlte. Viele hatten Zettel dabei, die sie der Verkäuferin vor die Nase hielten. Sie stellte ihnen daraufhin schweigsam und konzentriert ihre Elixiere zusammen und kassierte. Nur ganz wenige Kunden zeigten sich der Volksmedizin gegenüber misstrauisch.

»Hilft das denn wirklich?«, fragten sie die Verkäuferin fast verzweifelt.

Die Frau im Kiosk reagierte verärgert, zuckte mit der Schulter, schaute zur Decke hoch und antwortete jedes Mal mit dem gleichen Satz: »Ich selbst hab's ja nicht nötig. Aber ich kenne ein Mädchen, dem hat's geholfen.«

Die Menschen nickten, zahlten, nahmen die Medizin, taten Gutes für Penis und Herz oder wurden auf der Stelle glücklich.

Diese Szene erinnerte mich an das Jahr 1990, die Zeit des großen Umbruchs, als das erste demokratisch gewählte Parlament am Entwurf des neuen russischen Grundgesetzes arbeitete. Damals schlug der Physiker und ehemalige Dissident Andrej Sacharow vor, als Erstes im Grundgesetz festzulegen, dass »jeder Bürger das Recht auf Leben, Freiheit und Glück hat«.

»Der Staat kann dem Bürger sein Glück nicht garantieren«, widersprach ihm der Chefphilologe des Landes, Sergej Averinzew.

»Warum nicht?«, ließ Sacharow nicht locker. »Die Amerikaner tun es doch auch, oder?«

»Nein«, erklärte ihm Averinzew, »die Amerikaner tun es nicht. Bei den Amerikanern steht lediglich in einer Deklaration, dass jeder Bürger Amerikas das Recht hat, jederzeit nach dem Glück zu streben – auf gesetzlich vorgeschriebenen Wegen.«

»Dann werden wir die Ersten sein, die das Recht auf Glück gesetzlich festschreiben!«, meinte Sacharow, der große Visionär, stolz.

Bis heute hat Russland diese Teenager-Mentalität beibehalten: Wir müssen entweder die Ersten sein oder spielen gar nicht erst mit. Wie mein neunjähriger Sohn, der im Stadion oft quer übers Feld läuft, um am Ziel zwar von der falschen Seite, aber dafür als Erster anzukommen. Ähnlich ist es mit Russland. Ein ganzes Land läuft quer. Nicht alle Visionen aus den Zeiten des demokratischen Umbruchs sind Realität geworden. Im Grunde keine einzige. Aber ganz aussichtslos ist die Sache nicht. Es gibt ja immer noch die preiswerten Glückswurzeln bei der Post.

»Hilfe!«, rief meine Frau plötzlich, während ich noch vor dem Volksmedizinkiosk stand, in Gedanken über das Glück der Menschheit vertieft. Das Registrierungsprozedere hatte sie völlig überfordert. Wir mussten dazu in einem speziellen Formular außer den Passnummern und anderen Daten zwei Mal unsere Wohnadresse und zwei Mal die des Gastgebers in Druckschrift eintragen, so dass jeder Buchstabe in ein dafür vorgesehenes Feld passte. Wir waren mit den Kindern zusammen zu viert. Die Adresse des Gastgebers lautete Russische Föderation, Stavropolskij Kraj Mineralowodskij Rajon, Selo Borodinowka uliza Stepnaja 5. Das waren 87 mal 8, also insgesamt 694 Felder, die es auszufüllen galt. Dazu kam noch, dass meine Frau bei der Passnummer des Gastgebers eine Zahl falsch eingetragen hatte und nun alles neu schreiben musste. Neben ihr stand eine achtköpfige Familie aus Aserbaidschan, die nicht wusste, dass Aserbaidschan im Russischen mit »j« in der Mitte geschrieben wird. Die Postbeamtin wollte ihre Papiere wegen dieses Schreibfehlers nicht annehmen.

»Wo soll in Aserbaidschan ein ›j‹ sein?«, regte sich das Familienoberhaupt auf. »Ich kenne ein solches Land nicht!«

»Sie irren sich«, konterte die Postbeamtin. »Es gibt nur ein Aserbajdschan, und das schreibt sich mit ›j‹.

Das Land, das Sie in Ihrem Formular eingetragen haben, existiert nicht.«

»Was heißt, es existiert nicht? Ich habe mein ganzes Leben in Aserbaidschan ohne ›j‹ verbracht! Ich weiß nicht, woher dieser Buchstabe gekommen sein soll, und Sie sagen, das ganze Land existiert nicht?«, explodierte der temperamentvolle kinderreiche Familienvater.

Es roch nach Krieg. Um die Situation zu entspannen, kaufte ich zwei Pheromonfläschchen, männlich und weiblich, und verteilte heimlich den Inhalt in der Filiale in der Erwartung, dass die Menschen ab sofort freundlicher miteinander umgehen würden. Sie wurden aber dadurch nur noch lauter. Wir schrieben die Passnummer noch einmal neu auf, gaben unsere Papiere ab und verließen schnell die Post. Auf dem Weg zum Dorf schaute ich mich ständig um. Nachdem ich mir nämlich die Hände mit den Pheromonen nass gemacht hatte, wartete ich nun gespannt auf die Wirkung. Es passierte aber rein gar nichts, kein Fremder fühlte sich zu mir hingezogen und wenn doch, zeigte er sich nicht. Nur die Hühner unseres Nachbarn Gleb Michailowitsch liefen hinter mir her. Doch sie waren auch vorher schon immer hinter mir hergelaufen. Manchmal mögen sich Lebewesen halt – einfach so, ganz ohne Pheromone.

DIE WASSERMELONENZEIT

Die kapitalistische Konsumhektik kennt keine Jahreszeiten, alles muss zu jeder Zeit vorhanden sein. Fische, Obst und Gemüse werden hin und her geflogen oder in Chemielaboratorien künstlich gezüchtet. Sie werden das ganze Jahr über angeboten und verlieren dadurch ihre Einmaligkeit, ihren besonderen Stellenwert im Kreislauf der Natur. Nur der Spargel kämpft noch etwas gegen den Gesichtsverlust und die Erniedrigung des Gemüses, aber diese Ausnahme bestätigt bloß die Regel. Alles ist im Sonderangebot, liegt an jeder Ecke und schmeckt nicht. Die ständige gleichzeitige Anwesenheit aller Lebensmittel verdirbt vielen den Appetit, die Leute beschweren sich, dass Pfirsiche oder Kirschen keinen Geschmack mehr haben. Aber wie sollen Früchte im Dezember schon schmecken, diese unreife Chemiezucht, die ewig in den Regalen glänzt und nicht einmal mehr anständig verderben kann. Sie besteht zur Hälfte aus Wasser, zur Hälfte aus Gier. Der sogenannte freie Markt betreibt auf diese Weise Diebstahl, denn den Menschen wird ein lebenswichtiges Kulturgut entzogen – die Abwechslung. Und ohne Abwechslung gibt es kein Verlangen, keine Träume, keine Lust. Es bleibt nur noch frustfressen, bis der Arzt kommt.

In der archaischen Gesellschaft des Nordkaukasus hat jedes Essen seinen speziellen Platz, jede Pflanze und jede Beere hat ihre fünfzehn Sekunden Ruhm. Wenn sie reift, ist die Aufmerksamkeit der Bevölkerung nur auf sie gerichtet, so lange, bis die nächste Leckerei kommt. Die Zeit Ende Juli gehört den Pflaumen, der Septemberanfang gehört dem Wein. Zwischen den Pflaumen und dem Wein liegt die Melonenzeit. In diesen Wochen wird die Bevölkerung unter Wassermelonen buchstäblich begraben. Sie gelten in Russland traditionell als Beeren, werden nach Zentnern verkauft und in großen Fässern mit kaltem Wasser gelagert, die in jedem Garten stehen. Im August rasen die Melonen-Laster durch die Gegend, von Dorf zu Dorf, wo die Melonenmänner dann vom LKW aus feilschen und handeln. Die Preise für Wassermelonen bewegen sich unaufhörlich in einer Spirale nach unten, dabei sind es sowieso Kopekenpreise. Melonen sind billiger als Kartoffeln, dazu verlieren sie auch noch jeden Tag an Wert.

Früher, so erzählte mir Onkel Joe, gab es Melonen sogar ganz umsonst. Die Kolchose »Morgenröte des Kommunismus« stellte Jugendliche in der Erntesaison ein, auf dass sie die Wassermelonen aßen und die Kerne sammelten – für die nächste Aussaat. Jeden Tag bekam die Jugendbrigade eine Ladung Wassermelonen. Egal wie groß oder gering ihr Appetit war, alle Melonen mussten bis zum Abend aufgegessen, die

Kerne ordentlich gesammelt und getrocknet werden. In aller Frühe ging es zur Sache. Die Ältesten schnitten die Wassermelonen auf und aßen das Beste heraus, die Jüngsten halfen ihnen beim Resteaufessen und mussten nachher die Kerne sammeln. Am nächsten Tag gaben sie sie ab und bekamen einen neuen Anhänger mit Wassermelonen geliefert. Das war für niemanden ein Spaß, sondern eine Kraftprobe. Nach zwei Wochen durften sie, völlig erschöpft, nach Hause gehen. Das Saatgut für das kommende Jahr war gesichert. Manche Genossen klauten die Wassermelonenkerne in der Kolchose und brachten sie nach Dagestan ans Kaspische Meer, wo sie die Kerne gegen Fische und schwarzen Kaviar tauschten.

Onkel Joe hat als junger Mann mehrere Sommer in einer solchen Melonenfresserbrigade verbracht und erzählte uns genüsslich, wie sehr sich ein Mensch verändert, wenn er sich längere Zeit nur von Wassermelonen ernährt. Der Onkel kennt sich mit Wassermelonen sehr gut aus. Wenn er einkauft, hat er beim Auswählen eine besonders glückliche Hand. Er weiß nämlich genau, wie es in einer Wassermelone aussieht, ob sie süß oder sauer schmeckt, wässrig oder fleischig, matschig oder fest, und was die breiten Streifen auf ihrem Buckel bedeuten. Es gibt im Kaukasus tausend Möglichkeiten, eine richtige, süße Wassermelone zu erkennen. Für viele ist es eine Art Sport, eine Lotterie nach dem Motto: Zieh die richtige, und schneide sie gleich auf, damit alle sehen, wie erfahren du bist. Als Erstes macht der Wassermelonenkäufer eine ernste Miene und fragt den Verkäufer, wo er herkommt und ob seine Ware gespritzt ist. Diese Frage ist eine kaukasische Höflichkeitsfloskel. Jeder erfahrene Käufer kann die gespritzten Wassermelonen mit bloßem Auge erkennen, weil sie an den Seiten meist helle Flecken haben, die von einer Injektion übrig geblieben sind. Der Verkäufer verneint die Frage natürlich und wirbt für seine Wassermelonen oder Wassermeloninnen. Im kaukasischen Bewusstsein ist die Wassermelone wie gesagt eine Beere und hat als solche zwei Geschlechter. Die geschlechtsspezifischen Unterschiede sind jedem Kind bekannt. Alle Wassermelonen haben zwar auf der einen Seite ein kleines gekrümmtes Schwänzchen. Doch die Weibchen haben auf der anderen Seite eine Wölbung und die Männchen einen kleinen Auswuchs. Die Wassermelonen, die Mädchen sind, gelten als besonders süß und zart, die Jungs sind dafür fester und halten die pralle Sonne länger aus.

Der Melonenkäufer wählt eine Wassermelone und sticht ihm/ihr als Erstes mit dem Nagel oder mit einem kleinen Messer leicht in die Brust, um festzustellen, ob sie schon reif ist. Das Messer sollte in die Melone schneiden wie Butter. Danach veranstaltet der Käufer noch allerlei Rituale mit der Beere, als ob er sie nicht essen, sondern heiraten will. Er presst die Arme fest an den Seiten zusammen, drückt sich die Melone ans Herz und schüttelt sie kräftig. Anschließend untersucht er das kleine Schwänzchen: Bei einer gesunden Wassermelone soll das Schwänzchen trocken und kurvig gewickelt sein. Als letzte Prüfung gibt der Käufer der Melone eine leichte Kopfnuss, legt sein Ohr an ihren Bauch und lauscht den Geräuschen im Inneren der Beere.

Trotz intensiver Befragung in der Familie gelang es mir nicht herauszufinden, auf welche Musik der Käufer in diesem Fall wartet, was ein richtiges und was ein falsches Melonengeräusch ist. Soll die Wassermelone stöhnen, gurren oder piepen? Soll sie vielleicht in ihrer speziellen Melonensprache dem Käufer ihre Geheimnisse verraten? Ich habe mehrere Wassermelonen hin und her geschubst und gelauscht, konnte aber nichts hören. Wahrscheinlich bleibt ihre Stimme für Nichtkaukasier unhörbar. Der Gerechtigkeit halber muss ich hinzufügen: Trotz solch ausgeklügelter Taktiken und Einkaufsmethoden kaufen viele Nachbarn immer wieder falsch ein. Sie bekommen saure Beeren und schimpfen über die Wassermelonenmänner, die sie schon wieder beschissen haben. Nicht selten riechen ihre Wassermelonen beim Aufschneiden nach Brackwasser.

Unser Onkel Joe lächelt über die Unfähigkeit seiner Nachbarn, die richtige Melone zu finden. Er selbst benutzt all die ausgeklügelten Taktiken so gut wie nie, und trotzdem schmeckt jede Wassermelone, die er anfasst. Die Nachbarn beneiden ihn, sie halten ihn für ein Melonengenie. Ich denke jedoch, dass Melonen ihn einfach mögen. Auch Beeren haben ein kollektives Gedächtnis. Sie wissen, dass Onkel Joe viele Jahre in der Kolchose »Morgenröte des Kommunismus« als Wassermelonenesser arbeitete, die Kerne sammelte und auf diese Weise Tausenden, ja Millionen von Wassermelonen neues Leben schenkte. Dafür lieben sie ihn. Kaum streckt Onkel Joe die Hand in Richtung eines Melonen-LKWs aus, schon rollen ihm die richtigen entgegen. Die süßesten, die tollsten Wassermelonen wedeln mit dem Schwänzchen und fallen dem Onkel in die Hände.

Abends, wenn die Hitze nachlässt und es langsam zu dämmern beginnt, versammelt sich die ganze Familie dann auf dem Hof, wo die erste riesige Wassermelone bereits auf dem Tisch wartet. Onkel Joe nimmt das Messer und schneidet die Wassermelone artgerecht auseinander. Dabei benutzt er eine spezielle Technik, um sie so wenig wie möglich zu verletzen. Im Kaukasus glaubt man nämlich, dass eine Wassermelone nur längs und niemals quer aufgeschnitten werden darf, sonst verliert sie an Süße. Bei den kaukasischen Chilischoten ist es ähnlich: Die längs geschnittene schmeckt süß, die quer geschnittene dagegen unglaublich scharf. Ich habe es zuerst nicht glauben wollen, wurde dann aber im eigenen Maul eines Besseren belehrt. Dem hiesigen Aberglauben zufolge wehrt sich der Chili, wenn man ihn falsch aufschneidet, und macht sich aus Rache selbst ungenießbar. Das ist aber wieder eine ganz andere Geschichte.

FESTE FEIERN IM KAUKASUS

In der Sowjetunion, wo ich herkomme, mangelte es nie an Anlässen für Feiern und Feste. Fast jeder Tag war ein Feiertag, der zwar nicht eine Befreiung von der Arbeit versprach, dafür aber als Aufhänger für ein gemeinsames Essen mit Freunden und Familie gut war. Die meisten Feiertage galten den Berufsgruppen, mit denen man eine besondere Romantik des Schaffens verband: der Tag der Geologen, der Tag der Polarforscher, der Tag der Kosmonautik. So hatte jede Familie, je nach Beruf der Eltern, ihre eigenen Feste. Meine Mutter unterrichtete zum Beispiel an einer Hochschule Festigkeitslehre, mein Vater war Ingenieur in einem Betrieb der Binnenschifffahrt. Deswegen wurden bei uns zu Hause zum Tag des Lehrers und zum Tag des Seemanns Gäste eingeladen, und es wurde viel gekocht. Ich erinnere mich außerdem, wie mein Vater versuchte, zusätzlich noch den internationalen Tauchertag als Pflichttermin in der Familie zu etablieren. Er scheiterte aber an meiner Mutter, die kühn und treffend argumentierte, mein Vater könne gar nicht tauchen, höchstens in der Badewanne mit einer Gurke im Mund. Mein Vater bestritt das, gab aber letztlich auf, weil er grundsätzlich in Streitfragen nachgab. Er ging aber bei jeder Gelegenheit zu Nachbarn und Freunden, wenn diese etwas zu feiern hatten – was, war ihm egal. Manchmal besuchte er seine Freunde auch ohne Einladung, um ihnen zum Tag der Ärzte, des Polizisten, des Bahnarbeiters oder des Geologen zu gratulieren. Das Feiern lag ihm im Blut.

Der sozialistische Staat unterstützte das Zelebrieren dieser Arbeiterfeste nach Berufsgruppen. Dadurch wurde dem Volk vermittelt, dass jede Arbeit gleich wertvoll war und zu mehr als bloßem Geldverdienen taugte. Aus ihrer Arbeitsleistung, deren Früchte fast ausschließlich der Staat erntete, sollten die Bürger der Sowjetunion die Grundlagen ihrer Existenz, ihren Stolz und ihre Rechte schöpfen. Man muss dazu wissen, dass dieser Staat als Zusammenschluss verschiedener Berufsgruppen gedacht war, ein Bündnis aus Arbeitern und Bauern, Ingenieuren und Künstlern. Als es mit dem Bündnis auf Dauer nicht klappte und die Sowjetunion von der Karte verschwand, gerieten auch die meisten Feiertage von früher in Vergessenheit. Zumindest werden sie heute in den Fernsehnachrichten nicht mehr so groß an die Tafel geschrieben.

Zu Hause darf heute jeder feiern, wann und was er möchte – wenn er nur genug Geld und Zeit dafür hat, zwei nun rare Güter der Neuzeit von unschätzbarem Wert. Aus der alten Zeit ist offiziell nur der revolutionäre Erste Mai übrig geblieben, der in Russland nach wie vor als Tag der Solidarität der Arbeiterklasse groß aufgezogen wird. In dem grassierenden neurussischen

Turbokapitalismus, der mit Niedriglöhnen und verlängerten Arbeitszeiten massiven Druck auf die arbeitende Bevölkerung ausübt, haben die Arbeiter ihre Solidarität mit den kapitalismuserfahreneren Kollegen aus der übrigen Welt quasi neu entdeckt. Die postsozialistische Gegenwart hat dagegen kaum große Feste mit sich gebracht, außer Weihnachten, das in Russland ohne Krippe und den ganzen Schnickschnack drumherum gefeiert wird. Das Weihnachtsfest kommt Anfang Januar und wird leise und nachdenklich begangen als eine Art Rückbesinnung nach den wilden Schweinereien der Silvesterparty, die manchmal länger als eine Nacht dauert. Wenn die letzten Knaller verglüht und die letzten Weihnachtsmänner, die auf Russisch Opa Frost heißen, von ihren Schneewittchen nach Hause getragen worden sind, dann kommt die Weihnachtszeit.

Die drei wichtigsten russischen Feiertage heute haben nichts mehr mit dem Beruf eines Menschen zu tun. Es sind im Grunde drei gewöhnliche Familienfeste, die das Leben jedes Einzelnen abrunden, vom Geburtstag einmal abgesehen: Es sind die Taufe, die Hochzeit und die Trauerfeier. Alle drei Feste erfordern von der Familie einen enormen Zeit- und Geldaufwand. Alle dauern länger als einen Tag und erinnern mehr an eine Demo als an ein Familienfest. Eine Hochzeit oder Trauerfeier mit weniger als hundert Gästen wird von der Bevölkerung gar nicht als solche anerkannt. Unsere nordkaukasische Verwandtschaft besitzt eine Kantine in der russischen Provinz an einer Ausfahrt der föderalen Straße M29 Rostow-Baku, auch als Schnellstraße Kaukasus bekannt. In dieser Cafeteria haben sie sich auf die Vorbereitung und Organisation solcher Feste spezialisiert. Der Chef der Kantine ist Onkel Joe, seine Frau kocht, seine Töchter machen die Buchhaltung, und der Schwiegersohn kauft die Lebensmittel ein. Von 11.00 bis 16.00 Uhr gibt es in der Kantine ein Mittagessen für dreißig Rubel, umgerechnet weniger als ein Euro. Das Mittagessen besteht aus einer Suppe, einem Fisch- bzw. Fleischgericht sowie einem süßsauren, aus eigenem Obst gekochten Kompott als Dessert. Selbst in der relativ armen russischen Provinz erinnern solche Preise mehr an den Sozialismus als an die auch hier jetzt herrschenden kapitalistischen Verhältnisse.

Typisch für den Nordkaukasus ist diese Form der gesellschaftlichen Ernährung nicht. Auch hier wird die öffentliche Gastronomie von schicken Restaurants beherrscht. Die Restaurants im Kaukasus sind von einer Aura des Pathos umgeben. Nicht selten tragen sie Namen gefallener Volkshelden und ermordeter Freiheitskämpfer und erfordern von ihren Besuchern neben einer dicken Geldbörse, die selbstverständlich nicht fehlen darf, auch etwas Heldentum. Anders als in Europa, wo ein Löffel Zucker und eine Scheibe Zitrone im Preis inbegriffen sind, muss man in kaukasischen

Restaurants für alles einzeln bezahlen. Sogar der Preis für eine bekleckerte Tischdecke und ein kaputtgegangenes Glas lässt sich auf der letzten Seite der Speisekarte finden. Für die Bedienung und das musikalische Programm wird ebenfalls eine Extragebühr eingezogen.

Auf diese Weise kann man den Endpreis für seine Bestellung nicht immer einschätzen. So musste ich zum Beispiel im Restaurant Bolivar für das dortige Hausmixgetränk *Der feurige Bolivar* 480 Rubel, umgerechnet dreizehn Euro, bezahlen. Der feurige Bolivar erwies sich als Alkoholgetränk, eine Mischung aus schwarzem Rum und braunem Tequila, das Ganze mit etwas Kaffee abgemildert. Normalerweise, so glaube ich, wird dieses deutlich überteuerte Getränk mit einer Pistole serviert sowie einem Pferd, das vor der Tür wartet und mit jedem Kunden, der den »Kaffee« bestellt hat, danach noch zwei Runden um das Restaurant reitet, wobei er wild um sich schießen darf. Da ich mit Pferden und Pistolen nicht gut kann, habe ich es nicht darauf ankommen lassen, bezahlte stattdessen und ging an die frische Luft – in Begleitung einer Blaskapelle, die jeden Gast musikalisch verabschiedet, der den Mut hatte, den *Feurigen Bolivar* zu bestellen.

Wer geht in diese peinlichen Läden? Reiche Touristen, gelangweilte Hauptstädter, die in den umliegenden Kurorten Urlaub machen, schnurrbärtige Männer aus den Bergen, die ihre blonden Begleiterinnen beeindrucken wollen, sowie hungrige Autofahrer, die zwischen Rostow und Baku pendeln. Der Gerechtigkeit halber muss ich sagen, dass manches in den kaukasischen Restaurants sehr gut schmeckt, wenn es auch etwas überteuert ist. Die Köche dort sind große Meister des Grillens, vor allem Fisch können sie auf glühenden Kohlen hervorragend zubereiten. Natürlich schmeckt es nirgendwo annähernd so gut wie in der Kantine von Onkel Joe. Doch sein Lokal bleibt für Touristen und Fremde unsichtbar, es verschwindet im Schatten der teuren Abzockläden mit ihren großen Werbewänden, Terrassen mit Wasserfällen und Blaskapellen. Für ein fremdes Auge sieht die Kantine von Onkel Joe aus wie ein kleiner dörflicher Lebensmittelladen. Der Chef sagt, er will die Aufmerksamkeit der Fremden gar nicht.

»Wir ernähren die arbeitende Bevölkerung vor Ort, wir unterstützen die Arbeitskräfte der Region«, behauptet er, ein großer nordkaukasischer Patriot.

Die »regionalen Arbeitskräfte«, das ist in erster Linie eine Einheit der russischen Marine, die in der Nähe die russische Grenze zu Tschetschenien sichert und jeden Tag zur gleichen Zeit in der Kantine zu Mittag isst. Danach kommen die Streifenpolizisten von der M29. Oft fahren sie mit Blaulicht und Sirene zum Essen, um das Kompott nicht zu verpassen. Die Feuerwehrmänner kommen ebenfalls und auch die Mitarbeiter der notärztlichen Station, die zwei Kilometer entfernt ist, sowie die KFZ-Mechaniker vom Autoservice schräg gegenüber. Alle loben das Essen und küssen der Köchin die Hand. Die Kantine existiert eigentlich nur dank des Enthusiasmus ihrer Mitarbeiter, sie macht viel Arbeit und bringt kaum Gewinn. Sie hat keine Genehmigung für einen Abendbetrieb und muss daher spätestens um 18.00 Uhr schließen. Doch die Familie hängt an ihrem Laden.

In diesem Jahr haben sie anscheinend doch noch eine kapitalistische Verwendung für ihre Küche gefunden. Es hat mit einem Zufall angefangen. Ein Dorfbewohner, ein langjähriger Kunde, wurde von einem Laster überfahren. Seine Familie wollte die Trauerfeier unbedingt in der Kantine stattfinden lassen, also organisierte Onkel Joe die Trauerfeier. Zeitlich passt die Sache perfekt in die Kantine. In Russland wird der Tote in der Regel am frühen Vormittag beigesetzt, und nach dem Friedhof müssen Freunde und Verwandte auf das Wohl des Verstorbenen etwas essen und trinken, damit ihm »der Tod leichter bekommt«. Diese Geste ist in der russischen Kultur von großer Bedeutung.

Onkel Joes Trauerfeier kam gut an, alle waren begeistert. Schnell stieg die Kantine zur beliebtesten Trauerfeierstätte des Bezirks auf. Außerdem stellte sich heraus, dass Joes Nachbar Juri Wladimirowitsch hervorragend Akkordeon spielen und viele traurige oder auf Wunsch auch feurige Lieder singen konnte. Inzwischen hat die Kantine auf diesem Gebiet Kultstatus.

Im August dieses Jahres wurden die Leute regelrecht hysterisch. Quicklebendige Menschen schrieben sich in das Reservierungsbuch für Trauerfeiern ein. Andere wollten sofort sterben. »Sie machen das alles so gut, wozu noch leben?«, ließen sie der Küche ausrichten. Man merkte sofort, dass den Menschen die Feste fehlten. So sind die Russen – sie sitzen gerne an langen Tischen, sie stoßen gerne mit halb Unbekannten an, und sie singen gerne im Chor.

Der Kapitalismus bietet leider wenig Anlass für anständige Feiern. Gut, auf dem Lande im Nordkaukasus, wo die Menschen in großen Familien mit Kindern, Alten, Hühnern und Kühen zusammenleben und die Gesellschaft noch nicht so stark auf Individuen reduziert ist wie in der Stadt, feiern sie manchmal ungewöhnliche Feste. So wird zum Beispiel im Dorf unserer Verwandtschaft an jedem ersten Sonntag im Juni »Der Tag der Straße« gefeiert. An diesem Tag wurde vor fünfzehn Jahren die Steppenstraße im Dorf Borodinowka gegründet, offiziell als Postadresse anerkannt und in was weiß ich welches Adressbuch eingetragen. Seitdem feiern die Anwohner jedes Jahr den »Tag der Straße«. Lange Bänke und Tische werden aus den Höfen herausgetragen und mitten auf der Straße zusammengestellt. Jeder Haushalt ist für drei Meter Tisch verantwortlich, den er mit hausgemachtem Essen und Schnaps voll stellt. Dabei versucht natürlich jeder, seine Nachbarn zu übertrumpfen. Der Imker prahlt mit seinem Honig, die Kuhbesitzer mit ihren Milchprodukten, und alle prahlen mit ihrem Schnaps. Der eine mischt Zitronenschale dazu, der andere nimmt Zedernholz, ein Dritter experimentiert mit Melonenschalen. Den Schnaps eines Nachbarn nicht zu probieren, gilt als grobe Beleidigung und kann nur durch Austrinken eines großen Horns wiedergutgemacht werden.

Es gibt dort aber noch ein weiteres Fest, das mich sehr berührt hat: Wenn jemand, der an der Steppenstraße wohnt, von Freunden oder Verwandten Besuch bekommt, die länger als drei Tage bleiben, muss er alle Nachbarn davon in Kenntnis setzen, am vierten Tag einen Tisch decken und die Nachbarn einladen. Sie kommen nicht mit leeren Händen, sondern jeder mit seiner Hausspezialität, die meisten mit ihrem Schnaps. Der Besuch wird vom Gastgeber vorgestellt, die Nachbarn stellen sich ebenfalls alle förmlich vor. Danach soll der Gast etwas über sich erzählen, was er so macht und wo er arbeitet. Später wird gegessen, gesungen und getanzt. Wenn der Besuch bei der Straße gut ankommt, kann die Vorstellung jeden Sonntag wiederholt werden, bis der Besuch schließlich etwas angeschlagen, aber glücklich, mit Koffern, Geschenken – Schnaps, Honig, noch einem und noch einem anderen Schnaps – endlich abreist.

UNTER STROM

Wir kommen aus einem Land, das ziemlich spät, und zwar von Kommunisten, zwangselektrifiziert wurde. Die Russen mochten die Dunkelheit und wehrten sich gegen ihre Elektrifizierung unter anderem, indem sie Glühbirnen klauten oder kaputtmachten. Dabei war die russische Wissenschaft immer ganz vorne mit dabei, viel Wichtiges ist von Russen erfunden und entdeckt worden wie das Periodensystem, die Saturnringe oder die Dampfmaschine. Die Lichtbogenlampe wurde zum Beispiel von dem russischen Ingenieur Ladigin erfunden. Fünf Jahre später vervollkommnete Edison diese Erfindung und patentierte sie.

Die Russen erfanden jede Menge Sachen, konnten aber mit ihren Entdeckungen nichts anfangen. Sie waren nicht pragmatisch genug. Deswegen blieb die Heimat des wahren Erfinders der Glühbirne lange Zeit im Dunkeln. Erst Lenin, der Führer der russischen Revolution, brachte mit seinem Spruch »Kommunismus gleich Sowjetmacht plus Elektrifizierung« die Erleuchtung des ganzen Landes ins Rollen. Russland war ein großes anarchisches Land und drohte seinen Herrschern ständig zu entgleiten. Napoleon sagte einmal, Russland könne relativ schnell erobert werden, aber es zu beherrschen, sei unmöglich. Das spürten auch die bolschewistischen Führer. Sie konnten die Banken, die Telegrafen, die Post kontrollieren, große Städte und Eisenbahnlinien. Doch zwei Kilometer von der Eisenbahn entfernt war ihre Macht schon zu Ende. Deswegen bauten sie überall Kraftwerke und hängten im ganzen Land Glühbirnen auf, um auf diese Weise die Bevölkerung unter Kontrolle zu bringen. Aber Russland ist kein Wunschbrunnen. Egal was man sich wünscht, es kommt immer anders. Statt mehr Kontrolle entstand durch die Elektrifizierung noch mehr Anarchie. Sie zeigte sich im Verpulvern von Unmengen Elektrizität. Egal, wie viel man verbrauchte, alle zahlten die gleiche symbolische Monatspauschale pro Wohneinheit. Glühbirnen waren zwar anfänglich noch Mangelware – in den Gemeinschaftswohnungen ging jeder mit seiner eigenen Glühbirne auf die Toilette –, aber der Strom floss unentwegt. Dasselbe galt auch für Gas und Sprit: Autos waren teuer, Sprit kostete nichts.

Mit dem Aufbau der kapitalistischen Verhältnisse entdeckten Staatshalter und Wirtschaftsbosse, die oft in Russland in derselben Person auftreten, Bodenschätze und Kraftwerkskapazitäten als Quellen ihres Reichtums. Plötzlich verlangten sie Geld für Dinge, die im Sozialismus umsonst und eine Selbstverständlichkeit für jeden waren: Medizin, Benzin, Strom. Die Stadtbewohner mussten plötzlich pro Kilowatt zahlen.

Doch auch der Kapitalismus konnte Russland nicht ganz erobern. Draußen auf dem Land, zwei Kilometer von der nächsten Eisenbahnlinie entfernt, im dunklen Reich der russischen Anarchie, zahlt man nach wie vor nichts für Strom. Entweder laufen dort die Stromzähler in die falsche Richtung, oder die Stromzählerableser werden korrumpiert. Ein weiteres Beispiel für den Erfindungsreichtum ist in dieser Hinsicht das nordkaukasische Dorf meiner Schwiegermutter. Die Bewohner dieses Dorfes beziehen ihren Strom direkt von der Eisenbahn. Sie haben die Eisenbahnstromleitung angezapft und mit einem dicken Transformator den Starkstrom in einen für zivile Zwecke tauglichen Strom umgewandelt. Die Eisenbahn weiß natürlich Bescheid, will aber aus Prinzip nichts unternehmen. Immerhin fahren die Züge ständig an dem Dorf vorbei, und alle Schwellen und Gleise sind noch da. Auch die Eisenbahn fährt nicht immer gerade.

Die Dorfbewohner halten ihre Stromfreiheit für selbstverständlich. Sie beziehen ihren Strom noch sozialistisch, alle haben elektrische Heizkessel, elektrische Wasserpumpen, Orangerien, Schnapsbrennereien und Saunas. Sie heizen im Winter wie die Weltmeister, pumpen ein besonders weiches Wasser aus der Tiefe in ihre Wasserleitungen, züchten das ganze Jahr über Salzgurken und kommen gut über den Winter dank selbst gemachtem Schnaps und Sauna, die nach kaukasischer Sitte drei Tage vorgeheizt werden muss. Letztes Silvester hatten sie eine solche Illumination aus selbst gebastelten Girlanden auf der Straße, dass mehrere Flugzeuge sie für die Landebahn des Flughafens Mineralnye Wody hielten und versuchten, auf der Steppenpiste zu landen, was für zusätzliche Nebeneffekte und ein kleines Feuerwerk sorgte. So nützlich kann die Eisenbahn sein.

In den amtlichen Büchern wird das Dorf als »selbst elektrifiziert« geführt. Für mich war dieses sich selbst elektrifizierende Dorf ein Musterbeispiel für die Kreativität der sich von allem Spuk befreienden russischen Anarchie. Nur, glaube ich, haben sie dabei irgendwo gepfuscht, irgendein Kabel nicht ganz richtig angeschlossen. Jedes Mal, wenn ich mir dort die Hände wusch und gerade ein Zug in der Ferne vorbeifuhr, bekam ich vom Wasserstrahl einen mächtigen Stromstoß. Ich weiß auch von anderen Dorfbewohnern, dass sie ab und zu an verschiedenen Orten und völlig unerwartet Stromschläge bekommen. Bei einem Nachbarn brannte durch einen Stromstoß gar das Hemd bis auf den Kragen durch, als er einmal die Türklinke seines Hauses in einem ungünstigen Moment anfasste. Und fast bei allen qualmen die Fernseher, wenn ein ICE das Dorf passiert. Die öffentliche Meinung der Dorfbewohner geht dahin zu sagen: Die vereinzelten Stromschläge sind gut für den Kreislauf und halten das Immunsystem auf Trab.

EINIGE BESONDERHEITEN DES FISCHHANDELS IM NORDKAUKASUS

Die Menschen im Kaukasus sind in mancher Hinsicht Gourmets. Sie essen zum Beispiel gerne Stör, einen großen, delikaten kaspischen Fisch. Störe angeln ist eine Angelegenheit für echte Männer, so will es eine alte Volksweisheit. Das ist auch einleuchtend. Der Stör siedelt sich bevorzugt in den Regionen an, die sich durch politische Instabilität, aufwendig bewaffnete Bevölkerung und eine korrupte staatliche Unordnung auszeichnen. Außerdem wird das Leben der Menschen in diesen Regionen von gewaltverherrlichenden Bräuchen bestimmt, die einzuhalten für jeden eine Ehrensache ist. So darf zum Beispiel ein Mann, der sein Messer gezückt hat, es erst dann wieder einstecken, wenn es mit dem Blut des Feindes getränkt ist.

Angesichts der Tatsache, dass in diesen Regionen Messer und Dolche so häufig wie Armbanduhren in Deutschland getragen werden, kann selbst die harmlose Frage »Wie spät?« schnell lebensverkürzende Folgen haben. Deswegen leben in diesen Regionen fast nur echte Männer. Die unechten sterben auf natürliche Weise aus, bevor sie das Mannesalter erreicht haben. Das passiert hier, wenn ein Junge einen Vollschnurrbart bekommt, also mit zwölf. Die Übriggebliebenen atmen die frische

Bergluft, sie ernähren sich gesund und werden hundert Jahre alt, wenn sie nicht vorher doch in irgendeiner inneren Angelegenheit ehrengemordet werden. Zwischendurch gehen sie angeln und bringen ein paar Störe auf die Märkte der nordkaukasischen Städte, zum Beispiel nach Pjatigorsk, zu Deutsch Fünfberg.

Es gibt drei Märkte in dieser kleinen Stadt, die sich rechts und links des Kirow-Boulevards, Broadway genannt, befinden. Weil die Stadt schräg auf einem Hügel erbaut wurde, heißen die Märkte der obere, der mittlere und der untere Markt. Der obere ist der zivilisierteste und teuerste Markt von Pjatigorsk. Dort liegen die Fische in speziellen Vitrinen unter Glas auf Eis. Dieses schmilzt schnell und muss deswegen immer wieder neu herangeschafft werden. Das Eis macht die Verkäufer hochnäsig und ihren Fisch teuer.

Auf dem mittleren Markt liegen die Fische auf einer Zeitung. Dafür machen sie einen lebendigen Eindruck, sie bewegen sich, winden sich auf der Zeitung hin und her und schlagen mit dem Schwanz. Kaum hören sie damit auf, werden sie in eine Wanne mit sauerstoffreichem Wasser geworfen. Dort fangen die Fische wieder an zu leben. Doch kaum können sie schwimmen, landen sie erneut auf der Zeitung. Die Preise auf dem mittleren Markt sind auch so mittel. Auf dem oberen und mittleren Markt kaufen nur reiche Touristen und Kurorthäschen, die nichts vom wahren Leben, sprich dem unteren Markt, wissen. Die Einheimischen, die

Bauern aus den nahegelegenen Dörfern, die arbeitende Bevölkerung der Region – mit einem Wort: alle normalen Menschen – kaufen nur auf dem unteren Markt.

Der untere Markt ist zum größten Teil illegal, deswegen sieht er von weitem aus wie ein großer Parkplatz. Hier und dort sitzen Omas mit Sonnenblumenkernen, ein paar armenische Gewürztische sind zu sehen und jede Menge Menschen, die so tun, als gingen sie spazieren. Männer mit großen Schnurrbärten laufen in der Menge herum und murmeln:

»Störe! Störe! Störe!«

Das sind die Verkäufer aus der Fischabteilung. Wir zwinkerten einmal einem zurück.

»Ja, Störe!«

Daraufhin führte uns der Verkäufer, ohne ein Wort zu verlieren, über den Parkplatz zu seinem Minibus, einem roten VW, und öffnete die Heckklappe: In dem Minibus stand seine Frau und hielt einen riesigen Stör in den Händen. Manchmal kann dieser Fisch fast so groß wie ein Kind sein. Natürlich darf man sich bei einem solchen Einkauf nicht dumm stellen und sagen:

»Danke schön, ich hätte gerne zweihundert Gramm vom Bauch, klein geschnitten, bitte sehr.«

Es ist klar, der Fisch muss ganz gekauft werden oder mindestens zur Hälfte. Weil die Menschen im Kaukasus nach wie vor in großen Familien leben, die sich über drei Generationen erstrecken und dazu viele Katzen und andere fischfreundliche Haustiere in ihren

Gärten dulden, ist es ein Leichtes für sie, an einem Abend einen ganzen Stör zu verzehren. Aus dem Kopf und den Kiemen wird die Ucha, die Fischsuppe, gekocht, der Rest in kleine Stücke zerlegt, mit Zwiebeln, Salz und Zitronensaft vermischt, schließlich auf einem speziellen Gitter befestigt und abends zum Wein gegrillt. Selbstverständlich ist der Stör vom unteren Markt sehr frisch und auf Kilos umgerechnet preiswerter als Schweinefleisch, das in der Region nicht besonders beliebt ist.

DIE KAUKASISCHE DIÄT

Überall wird im Kaukasus gekocht und gegessen. Überall wird Brot gebacken, überall riecht es nach Schaschlik. Allein schon der Gedanke an diese kaukasische Küche versetzt mich in eine hungrige Laune, die das ruhige, ausgewogene Schreiben unmöglich macht. Deswegen muss ich kurz in die Küche, bevor ich hier weitermache…

Also, wie ich schon andeutete, im Kaukasus wird nicht nur an speziell dafür eingerichteten Orten und mit Erlaubnis des Gesundheitsamtes, wie in Deutschland, sondern überall und von jedem, der will, Essen zubereitet. Überall stehen Köche. Zwischen den Verkaufsreihen auf dem Markt, in Sackgassen, hinter Zeitungskiosken, auf Parkplätzen, an Bushaltestellen und vor den Ämtern – überall, wo Menschen lange warten müssen und möglicherweise Hunger bekommen könnten. Eigentlich haben die Kaukasier immer Hunger, deswegen müssen sie ständig irgendwas essen. Auf jeder schönen Straße, wo zwei Bänke stehen, braten irgendwelche Rentner ihre Teigtaschen in Fleischsaft, essen sie, verkaufen sie, lesen dabei Zeitung, trinken Alkohol und streicheln vorbeistreunende Hunde. Und das alles ohne weißes Tischtuch, ohne einen Toilettenraum, wo sie sich die Hände waschen könnten.

Zuerst begegnete ich dieser Volksgastronomie mit großem Misstrauen. Unhygienisch, gefährlich, wild, dachte ich. Wer weiß, was diese komischen Alten alles in ihre Teigtaschen gehackt haben. Lange Zeit mied ich solche Volksküchen, obwohl dort alles sehr ansprechend roch und noch besser aussah. Einmal war aber der Hunger größer als die Vorsicht, und ich kaufte mir etwas zu essen auf der Straße. Was kann mir schon passieren?, beruhigte ich mich selbst. Im schlimmsten Fall kaufe ich mir eine neue Hose. Und dann stellte ich mit Erstaunen fest, dass diese kaukasische unhygienische Küche tausendmal besser schmeckte als die saubere deutsche. Es geht dabei nicht um Geschmacksvorlieben, die dortige öffentliche Gastronomie befindet sich einfach auf unvergleichlich höherem Qualitätsniveau als ihre handgewaschene deutsche Schwester. Ein Paradox. Zuerst habe ich das auf die Exotik, auf die frische Luft, die alles besser schmecken lässt, auf die Natürlichkeit der Produkte, auf die teuflischen Gewürze zurückgeführt. Doch letzten Endes musste ich feststellen: Es liegt einfach am Selbstverständnis und der Hingabe der kaukasischen Köche. Diese Menschen haben einen Ruf zu verteidigen. Ihre Autorität und der Respekt der Gemeinde sind ihnen wichtiger als Geld.

In deutschen Fastfood-Ketten spielt der Respekt der Kundschaft nicht die geringste Rolle. Wichtig ist dort einzig und allein, so viele Menschen wie möglich mit lebensmittelähnlichen Substanzen schnell und preiswert abzufüttern, ohne sie dabei lebensgefährlich zu verletzen. Die Deutschen sind auch ein tolles Essvolk, sie sind nicht besonders nachtragend und tolerieren schlechtes Essen, wenn es nicht anders geht. Niemand hier wird sich wegen eines in der Mitte völlig rohen Muffins beschweren oder wegen eines ausgetrockneten Brötchens in einer Bäckerei Theater machen. Oft habe ich gesehen, wie Menschen hier völlig ungenießbares Zeug, halbrohe Spaghetti oder Kuchen mit ekligem klebrigem Teig aßen, dazu H-Milchschaum tranken, den sie »Cappuccino« nannten, und dabei keine Miene verzogen.

Im Kaukasus würde kein Essensverkäufer es riskieren, einem Hungrigen einen nicht durchgebackenen Kuchen zu verkaufen. Die Kunden im Kaukasus sind zimperlich. Mit einem halb durchgebackenen Kuchen würden sie zum Verkäufer zurückgehen, aber nicht, um nach dem Beschwerdenbuch zu verlangen oder zu fragen, ob der Verkäufer sich heute schon mal die Hände gewaschen hat, sondern um mit diesem Kuchen den Verkäufer zu füttern. Diese Umgangsform ist so wild und unhygienisch wie die Küche selbst, hat aber zur Folge, dass im Kaukasus sogar ein Stück Käsekuchen, auf der Straße in eine Zeitung gewickelt, unvergleichlich besser schmeckt als dasselbe Stück in Deutschland, auf einem silbernen Tablett in schicken Restaurants serviert. Und ganz egal, was man im Kaukasus bestellt, man bekommt immer auch noch etwas dazu, was der Koch gerade für probierenswert hält.

Beinahe alles schmeckt dort so herausragend, dass ein mit Fastfood aufgewachsener Ausländer einen Kulturschock bekommt, wenn er mit der kaukasischen Küche in Berührung kommt. Einmal angefangen, kann man im Kaukasus nicht mehr mit dem Essen aufhören. Deswegen essen die Kaukasier quasi ununterbrochen. Der Tag beginnt hier mit einem leichten Frühstück, er wird mit einem zweiten, etwas aufwendigeren Frühstück fortgesetzt, dann wird relativ früh zu Mittag gegessen, was eigentlich nur ein Vorspiel zur Krönung des Tages, dem Abendessen, ist. Nach dem Mittagstisch und vor dem Abendessen werden noch ein paar Kleinigkeiten verspeist, ein paar Melonen aufgeschlitzt, ein Salat oder eine kalte Suppe serviert.

Bei diesem anstrengenden Tagesablauf ist es kein Wunder, dass die Frauen runde Hüften und einen großen Hintern bekommen, bei Männern entwickelt sich der Bauch. Das macht die Leute unglücklich, denn in ihrem Selbstverständnis sind die kaukasischen Männer sehr sportlich und die Frauen zart und dünn. Dieser krasse Unterschied zwischen dem Wunschbild und harter Realität stellt ein Problem dar. Aber die Kaukasier wären nicht die schlauen Kinder der Berge, wenn sie für das Problem nicht eine clevere Lösung gefunden hätten. Um ihrem Volkskörper gesunde Parameter zu geben, erfanden die Kaukasier die sogenannte kaukasische Diät. Bei ihr geht es natürlich nicht darum, weniger zu essen. Eine solche Minderung der Lebensqualität käme den Menschen hier nicht in den Sinn. Auch eine Umstellung auf fett- oder zuckerfreie Produkte oder die Aufnahme solcher im Westen weit verbreiteter sportlicher Aktivitäten wie Joggen oder Nordic Walking halten sie für wenig reizvoll. Ein Müsli essender, joggender Kaukasier wird als Hühnchen verspottet. Er wird die Achtung seiner Familie, den Respekt seiner Freunde, seine Autorität unter den Arbeitskollegen einbüßen, selbst die tollste Figur wird ihm dann kein Glück mehr bringen.

Die Diätfrage ist eine philosophische. Es ist außerdem noch nicht wirklich bewiesen, von welchem Essen man tatsächlich dicker und am dicksten wird. Oft wirkt dasselbe verschieden. Eine alte kaukasische Weisheit besagt: Von Wassermelonen werden Kühe schmal, Pferde aber dick. Welche Wirkung Wassermelonen auf Menschen haben, weiß niemand. Manche nehmen ab. Manche nicht. Die Kaukasier wären nicht Kaukasier, wenn sie nicht eine stressfreie Abkürzung bei der Lösung dieses Problems gefunden hätten. Kaukasier trinken zum Abnehmen Tee. Aber nicht irgendeinen Tee, sondern einen speziellen, den es in mehr als fünfzig Sorten gibt, die überall verkauft werden. Diese Tees tragen vielversprechende Namen wie *Meine Silhouette*, *Das Phantom*, *Der Schatten* oder sogar *Der Flachmacher*. Es sind pure Naturprodukte, und sie versprechen alle eine einwandfreie sofortige Wirkung. Tatsächlich haben mir mehrere Familienmitglieder versichert, schon einmal mit Hilfe von *Silhouette* ganz leicht abgenommen zu haben. Auf die konkrete Wirkung dieses Heilmittels sowie die einzelnen Komponenten sind sie jedoch nicht näher eingegangen.

Von diesen Erzählungen stark beeindruckt, glaubte ich beinahe, eine neue Geschäftsidee entwickeln zu können. In meiner Phantasie organisierte ich bereits große Lieferungen kaukasischer Diät-Tees nach Deutschland. Die *Brigitte* und andere Frauenzeitschriften würden ihn als Geheimtipp loben, zur Not könnte ich die notwendigen Blätter und Gräser in meinem Schrebergarten anpflanzen. Bevor ich zur Verwirklichung dieses Projektes schritt, wollte ich nachprüfen, wie gut diese Tees tatsächlich waren, und führte ein Experiment am eigenen Leib durch. Ich fing mit dem berühmten *Meine Silhouette* an. So groß wie meine Begeisterung für das kaukasische Essen war allerdings auch meine Enttäuschung über die kaukasische Diät. Nicht, dass sie nicht half – das tat sie schon. Aber auf eine unschöne Art. Ich hatte gedacht, kaukasische Tees würden irgendwie geheimnisvoller wirken, den Stoffwechsel ankurbeln oder Menschen so stark schwitzen lassen, dass sie gleich ihr ganzes Übergewicht in einer Nacht im Kopfkissen ließen. Bei näherem Kennenlernen entpuppten sich jedoch die tollen kaukasischen Tees als stinknormale Abführmittel. Nur eben sehr hoch dosiert. Diese Tees trieben die

Heilung Suchenden in Richtung Toilette, noch bevor ihr Mittagessen es schaffte, sich im Körper aufzulösen. Man könnte mit ruhigem Gewissen *Meine Silhouette* in *Meine Toilette* umbenennen, wenn man die Wahrheit wie eine Melone knacken wollte. Aber die Kaukasier mögen diese direkte Art nicht. Was ist schon die Wahrheit? Sie wirkt unterschiedlich. Kühe werden von ihr dicker, Pferde dünner.

DIE BESONDERHEITEN DER KAUKASISCHEN MODE

Junge Frauen im Nordkaukasus sind sehr modebewusst, sie investieren ihre ganze Zeit und Kraft in ihr Aussehen. Das hat mit den Prinzipien der Familiengründung zu tun. Die Mädchen werden hier traditionell früh verheiratet, im Idealfall mit achtzehn. Mit einundzwanzig beginnt für sie das Problemalter, und fünfundzwanzig gilt als Deadline für Hochzeit und das erste Kind. Wer es als Frau bis dahin nicht geschafft hat, einen Partner zu finden, wird als alte Jungfer bemitleidet. Anders als im Südkaukasus, wo der zukünftige Lebensgefährte von der Familie der Braut bestimmt wird, müssen die nordkaukasischen Frauen sich ihre Bräutigame selbst suchen. So unterschiedlich sind die kaukasischen Sitten.

Die Süd- und Nordseite der kaukasischen Gebirge hatten schon immer große Differenzen, sie waren auch schlecht miteinander verbunden. Man musste mehrere hundert Kilometer um die Berge herumfahren, um auf die andere Seite zu kommen. Erst vor kurzem wurde ein Tunnel in den Berg gebaut, besser gesagt: rekonstruiert. Der Tunnel, der den Süden und den Norden direkt verbindet, wurde zu Sowjetzeiten unter größter Geheimhaltung angefangen und beinahe zu Ende gebohrt. Die heutigen Staatshalter mussten den alten Tunnel nur noch auf den modernen Stand bringen lassen. Offiziell wird der Tunnel erst zur Winterolympiade 2014 eröffnet, aber für siebenhundert Rubel darf man auch heute schon hineinfahren.

Wir sind aber vom Thema Kleiderordnung abgekommen, also fahren wir fort. Die Mädchen im Nordkaukasus sind bei der Partnersuche auf sich allein gestellt, deswegen sehen sie im Sommer dermaßen scharf aus, dass einem unvorbereiteten Beobachter die Luft wegbleibt. Ich habe mit eigenen Augen gesehen, wie einem Touristen beim Anblick solcher Bräute drei Kugeln Eis innerhalb von Sekunden in der Waffel schmolzen. Die Frauen wissen von ihrer Wirkung, bleiben aber trotzdem offen und gut gelaunt und lächeln Unbekannten gerne zu.

Die Männer im Nordkaukasus sehen weniger scharf aus. Sie bevorzugen sportliche Kleidung und kurze Frisuren und laufen gerne mit nacktem Oberkörper oder in gestreiften Matrosenhemden durch die Gegend. Sie sind auch weniger offen, kucken etwas verbissen und schmoren in latenter Aggressivität. Das ist ihre natürliche Abwehrhaltung, um sich gegen die Schärfe ihrer Frauen zu behaupten.

Die meisten Kleider werden hier nicht in Geschäften, sondern auf Großhandelsmärkten gekauft. Die Märkte tragen Frauennamen wie »Ludmila«, »Natascha« und »Tatjana«. Dort werden Markensachen von hoher Qualität für wenig Geld angeboten. Zurzeit ist die bevorzugte Marke im Nordkaukasus *Armani*, mal mit einem »i« und mal mit »y« am Ende. Ein Sportanzug von Armani ist schon für zwanzig Dollar zu haben, das Gleiche kostet ein Kleid von *Gautier*. Bei solchen Preisleistungsverhältnissen bleiben Männer wie Frauen beim Aussuchen und Einkaufen ihrer Kleidung wählerisch. Jeder Kunde nimmt die Dienste von mindestens zwei Verkäufern in Anspruch, die ihm ständig neue Kaufargumente liefern. Platte Floskeln wie »In diesem Anzug sehen Sie besonders schlank aus« gehen nicht auf. Man muss sich als Verkäufer schon Klügeres einfallen lassen. Vor meinen Augen sagte einer zu einem Kunden:

»Ich würde an Ihrer Stelle doch eine Nummer größer nehmen, damit es Sie unter den Schultern nicht beengt, wenn Sie eines Tages dienstlich eine Waffe tragen müssen.«

Der Anzug war sofort weg.

Im zurückhaltenden, verschämten Westen wird unauffällige Kleidung bevorzugt. Die Kaukasier prahlen. Die Verkäufer auf dem Markt geben sich modebewusst, erzählen jedem, welche Marke gerade »in« ist. Sagen: »Ach was, Gucci war gestern, heute sind hauptsächlich japanische Designer angesagt.« Dabei reden sie von »echter türkischer Qualität« oder »chinesischer Handarbeit«, um ihre Ware anzupreisen. Von japanischen Designern in chinesischer Handarbeit mit goldenen Streifen auf dem Rücken Hergestelltes für nur zweihundert Rubel. So etwas findet man in Berlin nicht. Nur zu verständlich, dass wir jedes Mal viel Zeit auf den kaukasischen Märkten verbringen.

Der archaische naive Kapitalismus entwickelt ihm gemäße Marktstrategien, die absolut ernst gemeint sind, einen Europäer aber wahrscheinlich zum Staunen bringen. Bei den Ständen mit Sportanzügen haben die Verkäufer zum Beispiel immer einen Mann hinter dem Verkaufstisch stehen, der zu kleine Sportanzüge an zu große Kunden anpasst – durch Anziehen und Ausdehnen der Sachen am eigenen Körper. Ein professioneller Anzuganpasser kann jede Sportware locker um ein paar Nummern vergrößern.

Ich habe mich inzwischen längst an die kaukasische Art zu verkaufen gewöhnt. Mich stört die chinesische Handarbeit der japanischen Designer nicht. Ich weiß die Exotik zu schätzen: Goldfarbene Socken oder Gürtel mit einem Batzen Plastik-Dollarscheine als Schnalle, das kann es nur hier geben. Der Kapitalismus kann sich hier nicht durch gute Manieren tarnen, er wird in chinesischer Handarbeit bis auf die Knochen ausgezogen. Er zeigt seinen Kern und erscheint nackt und wild wie Adam unter dem Baum der Erkenntnis, nur mit goldenen Socken und einem Dollarbatzen als Gürtelschnalle statt eines Feigenblattes bekleidet. Ich selbst verfalle regelmäßig der Versuchung der kaukasischen Märkte und kaufe mir diese trashigen Anzüge und Gürtel, allein um die Nachbarn in Berlin zu schocken. Während des letzten Urlaubs kaufte ich außer Socken, einem vergoldeten Sportanzug und einer Dollarschnalle auch noch ein T-Shirt, auf dem mit großen roten Buchstaben UdSSR stand, es kostete siebzig Cent. Die Nachbarn werden die Polizei rufen, wenn ich in Berlin dermaßen scharf bekleidet einkaufen gehe, dachte ich.

Für mich waren diese Einkäufe purer Spaß. Meine Frau jedoch nahm die Märkte im Kaukasus sehr ernst. Es gibt dort nämlich nicht nur Trash, sondern durchaus europataugliche Sachen. So hatte Olga dort letztes Jahr eine schicke und sehr preiswerte *Prada*-Tasche gekauft, die im KaDeWe wahrscheinlich tausend Euro kosten würde, im Kaukasus jedoch war sie nur so teuer wie ein Kilo mageres Schweinefleisch. Und die Auswahl an *Prada*-Taschen ist im Kaukasus unvergleichlich größer und breiter als im KaDeWe. Meine Frau musste über Berge von *Prada*-Taschen klettern und Mauern von *Prada*-Taschen einreißen, zuletzt mit Hilfe einer Leiter auf eine hohe *Prada*-Taschen-Wand klettern und ständig alle Taschen umdrehen. Auf vielen stand nämlich nur auf der einen Seite *Prada*, auf der anderen *Shannel* oder *Luis Vitton* oder noch andere Buchstaben, zauberhafte Marken und Namen, die nur Frauen richtig aussprechen können. Das ging natürlich nicht. Es mussten schon auf beiden Seiten die gleichen Buchstaben stehen.

Tatjana und Natascha, die Berliner Freundinnen

meiner Frau, die keine Verwandten im Kaukasus besitzen und deswegen in Berlin der deutschen Konsumwelt widerstandslos ausgeliefert sind, haben die Eroberungen meiner Frau aus dem Kaukasus schon früher begutachtet und bewundert. Sie baten Olga daher, auch ihnen einmal eine kaukasische *Prada*-Tasche mitzubringen oder wenigstens so etwas Ähnliches. Für Olga war das eine harte Aufgabe: Eine passende Tasche für eine Freundin zu finden, ist bekanntlich noch schwieriger, als eine für sich selbst zu ergattern. Denn man fragt sich natürlich als Erstes, wie soll sie sein, die Tasche deiner besten Freundin? Gut soll sie sein, hübsch, das ist klar. Aber auch nicht zu gut! Das ist nämlich auch klar: Sie darf nicht besser sein als deine eigene Tasche. Originell soll sie aber schon sein. Natürlich nicht zu originell, damit die eigene Originalität nicht beschädigt wird. Und das Wichtigste ist: Sie soll von Stil und Farbe her eine ganz andere Tasche sein als die eigene. Die einfachste Lösung in dieser Situation wäre es, eine scheußliche Tasche zu kaufen und dann die Freundinnen davon zu überzeugen, dass diese Tasche genau die richtige sei und am besten zu ihnen passe.

Meine Frau hat eine große Überzeugungskraft. So hat sie einmal vor meinen Augen eine Bekannte, die gerade nach der Entbindung noch etwas psychisch labil war, dazu gebracht, einen pechschwarzen Kinderwagen zu kaufen – mit dem Argument, das Kind würde in einem schwarzen Wagen besser schlafen und sich ruhiger verhalten. Das wisse sie selbst aus ihrer Kleinkindererfahrung. Die Bekannte zweifelte ein wenig, erlag aber dann der Überzeugungskraft meiner Frau, kaufte den schwarzen Kinderwagen und lief wie eine Talibanmutter damit im Bezirk herum. Sie erzählte auch begeistert an jeder Ecke, wie toll es sei, einen schwarzen Kinderwagen zu fahren, und wie gut und ruhig das Kind in diesem sargähnlichen Kasten schlafe. In der Tat fing der Kleine sofort an zu weinen, wenn man ihn aus dem Wagen hob. Später sah ich immer mehr Mütter mit schwarzen Wagen in unserem Bezirk und habe meine Frau dafür verantwortlich gemacht. Sie hob nur die Schultern und setzte eine unschuldige Miene auf.

Im Kaukasus durchlitt sie aber einen echten Gewissenskonflikt. Sie mochte ihre Freundinnen sehr und konnte ihnen keine schlechten Taschen mitbringen. Aber auch mit guten Taschen tat sie sich schwer. Beim ersten Besuch auf dem kaukasischen Taschenmarkt kaufte meine Frau nach beinahe sechs Stunden des Herumüberlegens zwei Taschen. Eine für sich und eine für Tatjana. Zu Hause vor dem Spiegel meiner Schwiegermutter musste sie aber feststellen, dass die Tasche, die sie für Tatjana gekauft hatte, eindeutig zu gut für Tatjana war. Es war eine wirklich tolle Tasche, fast so toll wie die, die sie für sich selbst bestimmt hatte. Nicht ganz so toll, aber schon schön.

Eine solch ungewöhnliche Situation benötigte außergewöhnliche Lösungen. Also beschloss meine Frau spontan, beide Taschen für sich zu behalten. Dafür verordnete sie sich einen zweiten Marktrundgang, einen Extratag, um noch einmal auf den Taschenmarkt zu fahren, aber nichts mehr für sich selbst, sondern nur noch für die Freundinnen einzukaufen. An diesem zweiten Tag hatten die Kaukasier aber gerade eine neue Lieferung von *Prada*-Taschen erhalten. Olga fühlte sich dem Schicksal hilflos ausgeliefert. Das konnte keiner ahnen, dass ausgerechnet an diesem einen Tag so viele neue tolle Modelle eintreffen würden. Meine Frau wurde von der Invasion der neuen Taschen überrumpelt und kaufte, ohne lange zu überlegen, wir leben ja schließlich nur einmal, noch zwei Taschen nicht für ihre Freundinnen. Dabei kam sie sich selbst schon ziemlich ungeheuerlich vor, wie die sechsarmige indische Göttin des Todes, mit großen runden Augen und in jeder Hand eine *Prada*-Tasche.

Erst beim dritten, dem letzten Gang über den Markt, fand Olga Taschen für Tatjana und Natascha. Die eine war weiß und die andere violett, beides nicht besonders markante Farben. Die Taschen waren groß, sahen aber sehr intelligent aus. Mit ihrem bescheidenen Schick waren sie zwar etwas zu bescheiden für den Kaukasus, aber genau richtig für Berlin. Die Mädchen waren dann auch sehr glücklich und zufrieden. Olga gab sich Mühe und lobte die Taschen ihrer Freundinnen in den Himmel. Es waren ja auch tatsächlich gute Taschen. Aber natürlich bei weitem nicht so gut wie Olgas saugeile Supertasche. Aber was soll's. Man kann nicht alles haben.

REINE KOPFSACHE

Der Mensch hat kaum noch natürliche Feinde, außer sich selbst. Sein Misstrauen gegenüber anderen Lebewesen ist dadurch jedoch nicht weniger geworden. Überall vermutet der Mensch Gefahren. Besonders gefährlich scheinen ihm die kleinen, unauffälligen Wesen zu sein: Schnecken, Läuse oder Kröten, von Bakterien und Viren ganz zu schweigen, das sind die Schlimmsten.

Es herrscht allerdings noch immer keine Klarheit darüber, wie gefährlich die Welt da draußen wirklich ist. Eine Freundin von mir behauptete neulich, alle diese Gefahren seien der menschlichen Phantasie entsprungen, alles sei reine Kopfsache. Wem soll man glauben? Wissenschaftler warnen, Mediziner empfehlen, und Künstler schüren die Angst weiter. In vielen Filmen und Büchern wird beschrieben, wie ein unauffälliges Wesen, eine Schnecke zum Beispiel oder ein kleines Flusskrebschen, im Laufe seiner natürlichen Entwicklung plötzlich mutiert, übernatürliche Fähigkeiten bekommt und alles niedermetzelt, was sich ihm bei der Erlangung der Weltherrschaft in den Weg stellt.

In alten Legenden ging die Gefahr von märchenhaften Wesen aus, die Griechen beispielsweise berichteten von Gorgonen, geflügelten Mädchen mit Schlangen statt Haaren. Sie hatten etwas Besonderes im Blick und verwandelten jeden in Stein, der ihnen in die Augen schaute. Zur gleichen Zeit gab es noch die Sirenen, Meerjungfrauen, die im Wasser lebten, mit süßer Stimme sangen und Matrosen dazu brachten, über Bord zu springen, ohne sich auszuziehen. In Russland gab es den Räubervogel Solovej, der so stark pfeifen konnte, dass er mit einem Pfiff zehn Reiter von ihren Pferden riss. In Indien glaubte man an die hellblaue Pechschnecke: Wem sie einmal über den Weg kroch, der hatte fortan nur noch Pech im Leben. In Deutschland kann ich mich bloß an die mythischen Gestalten der jüngsten Zeit erinnern: die Potsdamer Todeswanzen, die Menschen in den Kragen fielen und ihnen langsam, aber sicher das Blut aussaugten.

Die meisten gefährlichen Wesen kamen aus dem Ausland nach Deutschland und sorgten für einen Anstieg der Fremdenfeindlichkeit. Der Rinderwahn kam aus England und wütete einige Jahre, bevor er sich in Luft auflöste. Entstanden war er, weil Kühe in England mit sogenanntem Tiermehl gefüttert worden waren, das aus anderen Kühen bestand. Sie wurden dadurch verrückt, und die Menschen, die die verrückten Kühe aßen, wurden ebenfalls verrückt. Eine Massenhysterie brach aus. Man bekam das Gefühl, die ganze Menschheit würde kurz vor dem Abgrund stehen. Es ging nicht mehr um Heilung, sondern um Schadensbegrenzung. Dabei erzählte man in den Nachrichten, die Kühe wären schon lange verrückt gewesen, sie hätten es bloß nicht gezeigt. Niemand konnte also ganz sicher sein, noch nie ein Stück von einem wahnsinnigen Rind gegessen zu haben.

Die Rinderwahnsinn-Symptome wurden im Fernsehen lang und breit erklärt, und viele Zuschauer entdeckten sie auch bei sich. Sogar die Vegetarier unter ihnen. Und je öfter darüber im Fernsehen berichtet wurde, desto mehr Opfer wurden registriert. Es war bloß noch nicht ganz klar, wie sich der Rinderwahn genau übertrug: durch den Verzehr von Fleisch oder doch wie die meisten Krankheiten durchs Fernsehen. Alles reine Kopfsache, wie meine oben erwähnte Freundin zu sagen pflegt. Irgendwann verschwand der Rinderwahn von allein aus den Medien. Das Schicksal der übrig gebliebenen Kühe und der betroffenen Menschen interessierte niemanden mehr.

Es kam die Vogelgrippe. Völlig unerwartet fiel sie quasi direkt aus heiterem Himmel. Die kranken Vögel husteten uns mit ihrer Grippe voll und kackten die Krankheitserreger in Mengen aus. Deutschland drohte in Panik zu versinken. Die Menschen liefen sofort weg, wenn sie einen Spatz nur niesen hörten. In Pankow froren die Schwäne im Teich ein, sie bekamen keine Brötchen mehr. Man machte um alles mit Federn, bis auf die Kopfkissen, einen großen Bogen. Die Menschen verließen ihre Wohnungen nur im Notfall, denn draußen lauerte die Vogelgrippe. Auch diese Krankheit traf ausschließlich Länder, die negativ, ausführlich und Angst einflößend über sie berichteten. In Russland, wo die Zeitungen von Anfang an behauptet hatten, Russen seien durch ihre natürliche Widerstandskraft und große Kälteunempfindlichkeit gegen die Vogelgrippe immun, hat die Grippe nicht zugeschlagen. Im Kaukasus, wo die Menschen grundsätzlich nur südamerikanische Fernsehserien und russische Paraden im Fernsehen kucken, gab es nicht einmal das leiseste Anzeichen einer Vogelgrippe. Die Kaukasier bekämpfen sowieso alle Krankheiten vorbeugend auf die gleiche Art und Weise: mit ihrem hausgemachten Schnaps, der in jedem Haus anders heißt und auch anders aussieht, aber ziemlich gleich schmeckt. Jahrzehntelang haben die Menschen dort ihren Schnaps aus Weizen gebrannt, eine Art Wodka, den sie aber aus Achtung vor ihrer eigenen Arbeit »Cognac« nannten. Vor einem Jahr ist das ganze Dorf meiner Schwiegermutter allerdings auf Weintrauben umgestiegen. Jetzt machen sie Grappa, den sie aber ebenfalls nach alter Sitte als Cognac bezeichnen.

Unser Nachbar in der Steppenstraße, Gleb Michailowitsch, schüttelte bloß ungläubig den Kopf, als ich ihm vom europäischen Treiben, dem Auftauchen und Verschwinden vergrippter Vögel und wahnsinniger Rinder, erzählte. Nachdenklich tranken wir seinen Cognac.

»Auch bei uns spinnt die Fauna in der letzten Zeit«,

meinte Gleb Michailowitsch. »Viele Tierarten, die es vor kurzem noch gab, lassen sich nicht mehr blicken. Den braunen Fuchs zum Beispiel sieht man kaum noch, auch Wildschweine sind sehr selten geworden.« Vor allem wunderte ihn aber der Umstand, dass er, ein leidenschaftlicher Jäger und Naturbeobachter, so gut wie keine springenden Bartmäuse mehr sah, die noch vor einem Jahr überall, an jeder Ecke, zu sehen waren und dort ihre Tänzchen tanzten.

Mir blieb der Cognac im Hals stecken.

»Wer war noch mal an jeder Ecke und tanzte?«, unterbrach ich den Nachbarn. »Was für Mäuse?«

Gleb Michailowitsch schaute mich misstrauisch an.

»Tu jetzt nicht so, als ob du sie nicht gesehen hättest. Bartmäuse kennt hier jeder. Ich habe nie eine erwischt, weil sie unglaublich schnell sind. Gut gewachsene Nagetiere mit weißem Bart und pinselartigen Fellbüschchen an den Ohren. Sie leben unter der Erde und kommen eigentlich nur im Frühling und im Herbst für ein paar Monate raus. Aber im letzten Frühling sind sie nicht gekommen, wahrscheinlich sind die Bartmäuse alle unter der Erde verreckt«, seufzte der Nachbar.

Ich sagte nichts mehr dazu, dachte jedoch am späten Abend weiter darüber nach. Die tanzenden Bartmäuse gingen mir nicht aus dem Kopf. Ich zählte zwei und zwei zusammen, wobei sich folgendes Bild ergab: Jahrzehntelang brannten Menschen im Kaukasus ihren Schnaps aus Weizen, dabei waren sie von bärtigen tanzenden Mäusen umgeben. Letztes Jahr stiegen die Bewohner von Weizen auf Weintrauben um. Exakt zu diesem Zeitpunkt verschwanden die Bartmäuse aus dem Kaukasus, als ob es sie nie gegeben hätte. Ich wusste nicht, was ich glauben sollte. Vielleicht hatte meine Freundin doch Recht, und es ist tatsächlich alles bloß reine Kopfsache?

EINIGE BESONDERHEITEN DES WEINANBAUS IM NORDKAUKASUS

Ende September beginnt in der Steppenstraße die Weinernte. Richtige Weinberge wie an der Mosel gibt es in der Steppe zwar nicht, dafür hat Onkel Joe in seinem Garten und auf dem Hof spezielle Gartentürmchen gebaut, drei an der Zahl, und sie mit Weinreben umranken lassen. Im Sommer sitzen wir in einem solchen Türmchen im Schatten der Weinreben und verkosten die Weinproduktion des Onkels: einen dunkelroten, der nach ihm benannt wurde, und einen Roséwein, auch als Restwein bekannt. Beide Weine haben eine eindringliche, typisch kaukasische Duftnote. Sie riechen nach Mühe und nach Stolz auf das freie Leben in der Steppe.

Der Wein ist stark und nicht ganz trocken, aber, wie man im Westen sagt, leicht im Abgang. Der unerfahrene Trinker wird es allerdings schwer im Abgang und garantiert Kopfschmerzen am nächsten Tag haben. Er braucht Zeit, bis sein Organismus sich an den kaukasischen Wein anpasst. Ich hatte früher nach einem Glas Schwierigkeiten, mich überhaupt zu bewegen, meine Beine waren plötzlich wie eingeschlafen. Onkel Joe meinte dazu, der Sinn des Weines sei nicht, Menschen zum Laufen zu bringen, sondern sie in ein interessantes Gespräch zu verwickeln. Und für ein solches Gespräch brauche man keine Beine, sondern den Kopf.

Aber auch mein Kopf brauchte lange, um ins Gespräch zu kommen. Die Einheimischen haben, nebenbei gesagt, so gut wie nie Kopfschmerzen, nur wenn sie über längere Zeit keinen Wein trinken.

Die Tradition des Weinanbaus hat die Familie aus Tschetschenien, aus Grosny, mitgebracht. Dort hatte die Mutter von Onkel Joe, die Großmutter meiner Frau, schon immer Wein angebaut, und ihr Vater, der Urgroßvater meiner Frau, arbeitete sogar als Hauptwinzer in der Kolchose »Morgenröte des Kommunismus«. In der Steppenstraße angekommen, haben sie gleich im ersten Jahr, 1992, die ersten Reben gepflanzt. Inzwischen sind die von damals schon in die Jahre gekommen, sie geben keinen guten Wein mehr und müssten durch jüngere ersetzt werden. Onkel Joe kauft auch gelegentlich neue Reben, es sind allerdings immer die gleichen zwei Weintraubensorten, die ihn anziehen, beide tragen Frauennamen: Die eine Traube heißt »Isabella« und die andere »Lydia«. »Isabella« gibt einen sehr gehaltvollen fruchtigen Wein, der herb, beinahe bitter schmeckt. »Lydia« ist leicht und süß und riecht phantastisch nach meiner Kindheit. Vor einiger Zeit hatte Onkel Joe es auch mit einer neuen Traube versucht, der georgischen Rkaziteli. Ihren Wein haben wir aber noch nicht richtig ausprobiert.

Die Winzerei des Onkels ist ein Hobby. Er baut Wein in kleinen Mengen an, nur für den Eigenbedarf. Die lausigen 150–200 Liter reichen gerade, um den Winter zu überstehen. Es wird alles per Hand, genauer gesagt: mit den Händen von Onkel Joe, gemacht: die Weintrauben gesammelt und in einem großen Fass gepresst, dann wird der Saft in einem anderen Fass mit etwas Zucker zehn Tage lang vergoren, bis der Wein etwas heller geworden ist. Danach wird er durch ein Sieb gegossen und zur weiteren Reifung beiseitegestellt. In den trockenen Rest wird neues Wasser gegossen – das wird der Restwein sein, nicht so toll wie der Erstwein, aber auch nicht schlecht.

Alle Nachbarn haben ihre eigenen Traubensorten, Methoden und Tricks. Alle geben mit ihrem Wein an und besuchen sich den ganzen Herbst ununterbrochen gegenseitig, um Erfahrungen auszutauschen und das Produkt der Nachbarn zu kosten. Im Herbst befindet sich das ganze Dorf auf einer permanenten Weinprobe. Am liebsten trinkt hier jeder natürlich seinen eigenen Wein. Onkel Joe steht seinem Produkt äußerst patriotisch gegenüber. Mein Weingeschmack ist durch italienische, deutsche und französische Weine verdorben, ich bin kein großer Freund der kaukasischen Produktionen, trinke aber trotzdem brav mit und nehme die Kopfschmerzen in Kauf, weil ich diese Art von Weinpatriotismus unterstütze.

Leider stehen die Kosaken in Sachen Weinanbau in Russland auf verlorenem Posten. Nach wie vor wird dort nicht Wein, sondern Wodka als der kommunikativste, gesündeste und wohlschmeckendste Alkohol geschätzt und, was noch schlimmer ist, in Mengen getrunken. Die Russen haben eine Wodka-Macke. In einem kaukasischen Supermarkt, vor einem unendlichen Wodkaregal stehend und nach Alternativen suchend, fand ich in einer Ecke ein koreanisches Elixier, einen Aufguss aus hundert Wurzeln, der eine allgemeine Stärkung der geistigen und physischen Gesundheit, der Sehkraft, der Manneskraft, jeder anderen Kraft, beinahe die Unsterblichkeit versprach. Ich fragte die Verkäuferin, ob das Edelzeug oft gekauft werde und ob es gut schmecke. »Sehr gut!«, nickte sie enthusiastisch. »Fast so gut wie Wodka!«

Dieser Spruch ist die höchste Auszeichnung, die etwas Hochprozentiges in Russland bekommen kann. Dabei schmeckt Wodka nach nichts. Es ist nichts weiter als mit Wasser verdünnter Spiritus zum Reinkippen und Umfallen. Die Erfinder des Wodkas müssen sehr faule Menschen gewesen sein, denn von allen alkoholischen Getränken der Welt macht Wodka am wenigsten Arbeit. Während die Franzosen auf ihren Cognac jahrzehntelang warten, die Kubaner ihren Rum ebenfalls in spezielle Fässer gießen und sogar die Amerikaner ihren Whiskey schon mal am Ufer eines Sees eingraben, um zu kucken, was passiert, wird Wodka schnell und unauffällig durch die Verdünnung von Spiritus hergestellt. Wie die Russen es schaffen, tausend Sorten davon zu produzieren und dabei noch zu behaupten, der eine würde besser als der andere schmecken, aber vor allem, wie sie es schaffen, selbst an diesen Quatsch zu glauben, ist kein Rätsel. Durch massivste Propaganda wird den Menschen klargemacht, dass nicht der Alkohol, sondern alle anderen Stoffe und Substanzen sich schlecht auf das Wohl der Menschen auswirken.

Und so bleibt der Wodka als das klare und reine, von jedem zivilisatorischen Beigeschmack befreite Produkt, die flüssige Gesundheit im Glas. Bei Herzschwäche oder nach einer Herzoperation wird in Russland empfohlen, nichts Schweres zu heben, keine Actionfilme anzuschauen, keine Zeitungen zu lesen und keinen Wein zu trinken, nur ein bisschen Wodka. Das tun die Russen gerne, auch wenn sie keine Herzprobleme haben. Selbst in der Steppenstraße nehmen die Kosaken ihren Wein nicht wirklich als alkoholisches Getränk wahr, eher als eine spaßige Limonade, zur Abkühlung an heißen Sommertagen oder zum Wärmen am Winterabend vor dem Fernseher. Wenn sie aber etwas zu feiern haben oder einfach zum Abendessen, wird schweres Geschütz, in der Regel selbst gemachtes Hochprozentiges, aufgefahren.

Und ständig sieht man in den nordkaukasischen Kurorten, die eigentlich von maladen Menschen besucht werden, wie diese Kranken in den Cafés schon zum Frühstück einen kleinen Wodka trinken oder mit einem Wodka und einem Buch am Strand liegen oder bei ihren Geschäftstreffen in einem Restaurant gleich eine ganze Flasche Wodka bestellen. Eine Erklärung dafür wäre, dass Russen bei Wodka ein besonderes Stehvermögen beweisen, weil sie einen besonderen Wodkamagen haben und ihn besser als andere Völker vertragen. Aber nichts davon ist wahr. Vom Wodkatrinken fallen die Russen genauso um wie andere Völker, oft sogar noch schneller. Das ältere, intelligent aussehende Ehepaar am Strand in Schelesnowodsk, das neben uns im Café saß und sich zum Frühstück 300 Gramm Wodka und zwei große Biere bestellte, war in zwanzig Minuten Holz. Da war nichts mehr mit Baden und Spazierengehen, der Tag war gelaufen. Auch die tüchtigen Geschäftsleute, die im Restaurant ihre Geschäfte mit Wodka erledigten, sind zu keinem Abschluss gekommen.

Wein macht die Menschen lustig und gesprächig, Wodka dagegen macht sie schläfrig und aggressiv, eine explosive Mischung. Mehrmals haben sich russische Denker und Schriftsteller in diese Richtung geäußert. Sie meinten, dass es viele Probleme hier nicht gegeben hätte, wenn die Russen statt Wodka Wein trinken würden. Doch die Weinkultur wird in Russland so gut wie gar nicht popularisiert, während der Wodka als traditionelles Nationalgetränk seit Jahrhunderten gefeiert wird. Ganz anders in Deutschland. Hier werden ständig Anstrengungen unternommen, die Menschen von Bier auf Wein umzusteuern, damit sie nicht einschlafen und zu aktiven Bürgern werden. Meine Frau und ich wurden sogar einmal in Leipzig auf der Straße angesprochen.

»Wetten«, sagte ein als Fluglotse gekleideter Menschenfreund zu uns, »wetten, dass Sie mit geschlossenen Augen einen Roséwein nicht von einem Weißwein geschmacklich unterscheiden können?«

»Ich vielleicht nicht, aber meine Frau schon!«, antwortete ich diplomatisch.

Wir standen auf dem Leipziger Augustplatz vor einem auf dem Platz aufgebauten sogenannten Weinsensorium, einer Wanderausstellung, in der die Einheimischen mit den besten deutschen Weinen verwöhnt werden. Die Stadt Leipzig feierte gerade das Jubiläum ihres alten Aufbruchs von 1989. Angeblich waren die Wiedervereinigung und der Niedergang der DDR durch Weingenuss beschleunigt worden. Der letzte Aufbruch lag hier aber bereits zwanzig Jahre zurück, seitdem wurde in Leipzig nicht mehr aufgebrochen.

Zum Feiern dieses Jubiläums hatten sich die Leipziger Ungeheuerliches ausgedacht. Sie projizierten Bilder der damaligen Demonstrationen auf Hauswände, dazu liefen die Geräusche des Aufbruchs vom Band. Überall im Zentrum waren sie zu hören, tausende aufgebrachter Stimmen von unsichtbaren Leipzigern, die 1989 mehr Freiheit gefordert hatten. Die realen, sichtbaren Leipziger saßen derweil im Weinsensorium auf dem Augustplatz unter dem großen Spruch »Denk global, trink national« und kosteten sich durch vierzehn Sorten bester Moselweine sowie einen fünfzehnten, der aus Sachsen kam. Die Leipziger tranken still und fröhlich, sie hatten nun ihre Freiheit, es gab nichts mehr zu fordern.

Meine Frau und ich gingen hinein. Im ersten Raum,

der wie eine Flugzeugkabine gestaltet war, wurden meiner Frau die Augen verbunden, und sie bekam nacheinander drei Gläser in die Hand, mit Weißwein, Rotwein und Rosé. Sie musste am Geschmack der Weine ihre Farbe erkennen. Natürlich erledigte sie diese Aufgabe mit Charme und wurde mit einem Applaus und einem weiteren Wein belohnt. Danach gingen wir durch die Ausstellung. Im ersten menschenleeren Raum waren Karten ausgestellt, auf denen man sehen konnte, wo in Deutschland welcher Wein angebaut wurde. Im zweiten leeren Raum wurde die Erde verschiedener Weinberge präsentiert, und im dritten leeren Raum lagen Gedichtbände und Sachbücher über Wein. Der letzte Raum war knackevoll. Hier fand die Weinprobe statt. Die ersten zwei Getränke waren umsonst, für jedes weitere musste man einen Euro zahlen. Aus patriotischen Gründen wurde besonders stark für die Nummer fünfzehn, den trockenen Sachsen, geworben. Der heimliche Renner war aber, wie mir einige Leipziger versicherten, die Nummer vierzehn, ein Weißer von der Mosel. Bei dieser Nummer versumpften auch wir, fanden aber immerhin nach zwei Stunden und einem anregenden Gespräch über die politischen Entwicklungen in Deutschland auf unseren eigenen Beinen zum Hotel zurück.

Immer wieder stellte ich mir vor, ob eine solche Veranstaltung auch mit Wodka möglich gewesen wäre. Ich stellte mir ein Wodkasensorium auf dem Roten Platz vor. Unter demselben Spruch, »Denk global, trink national«, würden dort jedem Gast die Augen verbunden, er würde in die eine Hand ein Glas mit einem Wodka der Marke *Kasatschok* und in die andere einen Wodka namens *Schneewittchen* bekommen. In die dritte Hand würde ich ihm noch diesen neuen Wodka mit dem großspurigen Namen *Der Paradiesische* geben. Obwohl, wozu eigentlich die Augen verbinden, wenn sie alle gleich aussehen? Nein, der arme Kerl müsste einen der drei ihm angebotenen Wodkas trinken und das Publikum raten, was er getrunken hat. Wird der Mann noch stehen oder gleich fallen? Wird er zu einem Kasatschok oder zum Schneewittchen? Und wird er noch klar und deutlich »Tschüss, auf Wiedersehen« sagen können, bevor er ins Paradiesische kippt? Ein schlimmer Zirkus.

Ein Weinsensorium auf dem Roten Platz und überhaupt überall wäre dagegen die Rettung des Landes. Der Wein würde die Gemüter beruhigen und die Menschen kommunikativer, neugieriger, freundlicher machen. Eine offene Gesellschaft würde entstehen. Die Medien würden frei berichten können, weil niemand sich mehr wegen irgendwelcher kleiner Sticheleien ärgern würde. Die Menschen würden sich stattdessen mehr um die Allgemeinheit sorgen, sie würden gutes Essen kochen und, statt vor dem Fernsehen zu hängen, Bäumchen pflanzen und Kinder zeugen. Vorausgesetzt, die Nummer vierzehn, der trockene Mosel, käme ins Programm.

AUSGEHEN IM NORDKAUKASUS

In Berlin gehen wir jeden zweiten Tag aus, ins Kino oder ins Restaurant. Wir fahren sogar manchmal in die Oper. Die Kinder gehen gerne in Museen, Mumien beispielsweise mögen sie sehr. Wenn wir keine Lust auf Opern oder Mumien haben, gehen wir einfach in die Eisdiele um die Ecke. Es ist uns letzten Endes egal, wohin, Hauptsache ausgehen. In meinen Augen ist es eine Lebensnotwendigkeit, ja geradezu eine gesellschaftliche Pflicht, regelmäßig auszugehen. Wie soll man sonst jemanden kennenlernen, sich verlieben, Kinder kriegen? Wenn eine Gesellschaft aufs Ausgehen verzichtet, wird sie über kurz oder lang in den staubigen Annalen der Geschichte verschwinden. Nur die Fernsehgeräte werden weiterleuchten.

Das alles habe ich mehrmals versucht, meiner nordkaukasischen Verwandtschaft zu erklären – vergeblich. Wie soll zum Beispiel die unverheiratete Tochter von Onkel Joe jemanden kennenlernen, wenn sie Abend für Abend im Kreis ihrer Familie auf dem Hof verbringt. Ich gebe zu, es ist lustig auf dem Hof. Wir spielen dort abends im Garten Verstecken, trinken Tee und Wein, singen im Chor alte sowjetische Schlager, und die Hunde – Stepan, Tschernuschka und Schutschka – jagen mit lautem Bellen die kleinen Hühnchen des

Nachbarn über den Hof. Die Hühnchen sind in ständiger Reiselaune, sie finden es langweilig, stur auf dem eigenen Hof herumzusitzen. Deswegen kriechen sie immer wieder unter dem Zaun durch zu uns in den Garten oder fliegen über ihn hinweg. Hier bekommen sie es jedoch mit den Hunden zu tun, die diese Hühnerimmigration leidenschaftlich bekämpfen.

»Hol sofort deine Küken zurück, sie haben Hundestress!«, rufen wir dem Nachbarn Gleb Michailowitsch zu.

»Diese Idioten!«, ruft er zurück. »Sollen sie doch alle verrecken, ich will diese Verräter nicht mehr sehen! Bringt sie um!«, schreit Gleb Michailowitsch.

In der Regel kommt der Nachbar dann doch. Aber statt seine Vögel einzusammeln, bleibt er bei uns am Tisch sitzen, erzählt Spannendes aus seinem Leben und macht manchmal mit beim Versteckspiel. Gleb Michailowitsch ist ein leidenschaftlicher Versteckspieler, er versteckt sich gründlich in den Büschen und kommt von alleine nicht mehr heraus. Einmal haben wir die halbe Nacht nach ihm gesucht. Ermüdet sind wir schließlich schlafen gegangen. Am nächsten Morgen fanden wir ihn schnarchend unterm Apfelbaum, er war noch während des Spiels eingeschlafen.

Die Abende auf dem Hof sind abwechslungsreich, das Ausgehen im Kaukasus ist dagegen eher arm an Möglichkeiten. Rund um unsere Straße erstreckt sich die Steppe, so weit das Auge reicht. Wo will man da ausgehen, wen kennenlernen? Soll man Libellen gute Nacht wünschen, mit Steppenmäusen plaudern? Es gibt in der nordkaukasischen Steppe keine Disko, kein Theater, kein Museum. Dafür haben wir fünf Berge unterschiedlicher Größe und Form, eine Autobahn und eine Eisenbahnbrücke.

Zwischen der Autobahn und der Eisenbahnbrücke steht das Restaurant »Altes Baku«, das einzige Steppenrestaurant weit und breit. Die meisten Bewohner in unserem Dorf sind der Meinung, »Altes Baku« sei ein armenischer Nostalgie-Laden, eine Erinnerung an die alten Zeiten, als noch viele Armenier in der aserbaidschanischen Hauptstadt lebten. Eine Menge von ihnen wurde Anfang der Neunzigerjahre aus Baku vertrieben, viele haben sich im Nordkaukasus angesiedelt. Auch in der Steppenstraße hat eine armenische Familie ein Haus gebaut, eine nette Familie. Sie macht Lärm für drei. Entweder sind es tatsächlich drei Familien in einem Haus oder eine, die das ganze Jahr über viel Besuch hat. Allerdings sind auch viele Aserbaidschaner, denen es in der Heimat zu eng wurde, in den Nordkaukasus gezogen.

Niemand im Dorf wusste genau, wem das »Alte Baku« eigentlich gehörte. Tagsüber war das Restaurant geschlossen, abends färbte sich der Himmel über ihm rosa. Selbst aus zwei Kilometern Entfernung hörten wir die Musik von dort und später Feuerwerke knallen. »Im ›Alten Baku‹ ist wieder Hochzeit«, sagte

Onkel Joe an solchen Tagen mit leicht zugekniffenen Augen. Er klang etwas neidisch. Sein eigener kleiner Laden, die »Kantine«, ist mehr auf Trauerfeiern spezialisiert, für Hochzeiten fehlt ihm der Glanz. Ein Restaurant in der Steppe, das nicht pleitegeht, wirkt auf mich wie eine Skurrilität, doch es ging dem Laden anscheinend gut. Letztes Jahr eröffneten die Inhaber auf der anderen Seite der Eisenbahnbrücke sogar noch eine Filiale, das sogenannte »Neue Alte Baku«. Auch dort knallte und qualmte es regelmäßig nach 21.00 Uhr.

Gleich an meinem ersten Tag im Kaukasus lud ich die ganze Verwandtschaft ins alte »Alte Baku« ein – inklusive Oma Anastasia und Baby Sonja. Es war doch ein Unding, neben solch einem schier einzigartigen Steppenrestaurant zu leben und nie dort gewesen zu sein. Ich lud sie am ersten und am zweiten Tag ein, jeden Tag, Woche für Woche, Jahr um Jahr – jedes Mal, wenn wir dort waren. Aber jedes Mal vergeblich. Sie schlugen meine Einladungen aus, wollten nichts von einem Restaurantbesuch wissen. Das heißt, die beiden Töchter von Onkel Joe und seine Frau fanden die Idee, ins »Alte Baku« auszugehen, eigentlich gar nicht so abwegig. Meine Schwiegermutter und ihre Schwester stimmten ebenfalls zu. Aber das Familienoberhaupt, Onkel Joe, hielt streng dagegen.

»Warum sollen wir dort hingehen?«, fragte er immer wieder und machte ein grimmiges Gesicht. »Haben wir etwa zu Hause nichts zu essen? Schmeckt euch meine Küche nicht?«

»Darum geht es doch gar nicht. Wir gehen nicht aus, um zu essen, sondern um zu feiern, uns fremde Leute anzukucken und uns selbst zu zeigen«, entgegnete ich vorsichtig.

Onkel Joe widersprach weiter: »Was können sie dort, was wir nicht können?«, philosophierte er. »Die Musik? Ich habe einen Kassettenrecorder in der Garage. Singen können wir sicher besser, und das Feuerwerk vom ›Alten Baku‹ erinnert an Weihnachten im Kindergarten! Wir haben dort nichts verloren.«

Dabei war ihm anzumerken, dass auch Onkel Joe gespalten war. In der Tiefe seines Herzens reifte der Wunsch auszugehen, andererseits wollte er uns auf gar keinen Fall zeigen, dass er seine Meinung geändert hatte. Er ließ also weiterhin jeden Abend eine Propaganda-Ansprache gegen das Restaurant vom Stapel.

»Auf meinem Hof kann ich im Pyjama zu Tisch kommen, ich kann die Schuhe ausziehen, wann ich möchte, ich kann so herum sitzen oder so herum sitzen und die Füße auf die Bank legen. Im Restaurant muss ich eine Krawatte tragen, man darf dort nicht laut schmatzen und in der Nase bohren«, fuhr der Onkel fort, der nie seine Füße auf die Bank legte, schmatzte oder in der Nase bohrte. Alle seine Argumente waren nur Ausreden. In Wirklichkeit hatte er bloß Bedenken, dass der Besuch des Restaurants seine Seriosität bei der Nachbarschaft im Dorf in Frage stellen würde. Ich machte jeden Abend auf dem Hof massive Werbung für »Altes Baku« – für die dortige Küche und den Service, wobei ich jedoch ebenfalls noch nie dort gewesen war.

»Die Kutabi, ein armenisches Nationalgericht, das werden wir auf dem Hof doch nie hinkriegen«, beschwor ich die Familie.

»Vielleicht haben sie nur aserbaidschanische Küche«, konterte der Onkel.

»Die Kutabi sind auch ein aserbaidschanisches Nationalgericht!«, gab ich nicht auf.

Unser diesjähriger Kaukasusurlaub ging langsam, aber sicher zu Ende, die Chancen, das »Alte Baku« einmal von innen kennenzulernen, schwanden. Kurz vor unserer Abreise zog ich meinen letzten Trumpf aus dem Ärmel: den Geburtstag! Meinen Geburtstag. Zu meinem Geburtstag lud ich die Familie ins Restaurant »Altes Baku« ein – eine solche Einladung konnten sie mir nicht abschlagen. Und ich hatte richtig kalkuliert.

Die Vorbereitungen für den Restaurantbesuch zogen sich in die Länge. Einen halben Tag brauchten die Frauen, um sich hübsch zu machen. Die Tochter von Onkel Joe glänzte in einer goldenen Bluse, die Schwester der Schwiegermutter trug einen riesigen weißen Hut. Einem alten Familienbrauch folgend, machten wir noch ein Foto von uns allen, bevor wir aufbrachen. Zwischen dem alten und dem neuen »Alten Baku« hatten wir uns für die klassische Variante entschieden, das alte »Alte Baku«. Den neuen Laden bewahrten wir uns für später auf. Zu zwölft gingen wir los, durch die Steppenstraße, begleitet von den Hunden Stepan, Schutschka und Tschernuschka, die uns mit lautem Bellen bis zum Restaurant folgten. Die Nachbarn in der Steppenstraße wussten natürlich von unserem Kreuzzug. Etliche standen an den Zäunen und begutachteten unseren festlich gekleideten Trupp.

»Zum ›Alten Baku‹«, erklärte der Onkel jedes Mal ungefragt, »mal ausgehen, nicht? Ins alte ›Alte Baku‹«, verdeutlichte er. Er hielt sogar den im Auto vorbeifahrenden Nachbarn Gleb Michailowitsch auf der Straße an, um ihm dieselbe Nachricht zu überbringen.

»Und ich bin letztes Jahr ans Meer gefahren – acht Stunden und du bist da«, erwiderte Gleb Michailowitsch etwas unvermittelt.

Aus der Nähe sah das Restaurant »Altes Baku« wie ein gewöhnliches Restaurant aus. Vor dem Eingang unter der Laterne saß ein Kellner im Anzug mit einer schicken roten Fliege am Hals, aber ohne Schuhe, und schnitt sich sehr konzentriert die Fußnägel. Auf dem Parkplatz vor dem Laden standen zwei Autos. Alles deutete darauf hin, dass der Abend noch nicht richtig begonnen hatte.

»Haben Sie reserviert?«, erkundigte sich ein anderer Kaukasier mit schwarzer Fliege, die so fest an seinen Hals gebunden war, dass sie mit den Flügeln winkte, während der Mann sprach.

»Keine Reservierung?«, fragte er noch einmal nach und schaute uns kritisch an.

»Wir sind Nachbarn«, fing Onkel Joe an, eine Brücke zu schlagen. »Wir kommen von der Steppenstraße, kennst du die Kantine an der nächsten Ausfahrt? Die ist von uns. Wir sind zum Erfahrungsaustausch zu euch gekommen«, sagte der Onkel und hustete dabei bedeutungsvoll in die Faust.

»Ich schaue mal, was sich machen lässt«, sagte der Fliegenmann und begleitete uns in das Innere des Lokals.

Die bescheidene Hausfassade erwies sich als Tarnung, als biedere Dekoration, die eine unendliche Pracht, einen Paradiesgarten von der Größe eines Naturschutzgebietes verbarg. Das Restaurant »Altes Baku« stand auf einem Hügel und hatte zwei Gesichter. Nach außen sah man nur einen weißen Zaun und ein geschwärztes großes Fenster. Innen gab es hohe Wasserfälle, Brunnen aus Marmor, goldene Fische in einem Teich, lebende Flamingos, Fasanen, wilde Hühner und Papageien, die zwischen den Tischen spazieren gingen. Dazu drei ältere Männer, die um ein Keyboard herumstanden. Jeder Tisch war überdacht. Genau genommen waren es gar keine Tische, sondern kleine Häuschen ohne Wände. Zu jedem solchen Haus gehörten ein Kaukasier mit Fliege und ein Mädchen im Minirock. Wir alle, besonders die Kinder, waren schwer beeindruckt. So viele schöne Vögel!

»Wir haben auch noch eine Eule, die schläft gerade. Und einen Pfau«, erzählte das Mädchen im Minirock stolz.

Die Kinder liefen sofort los, um sich die Eule anzukucken. Vom Fliegenmann bekamen wir ein Holzhaus direkt am Wasserfall zugewiesen mit Blick auf die Eisenbahnbrücke. Die Männer am Keyboard sangen – vermutlich in einer südkaukasischen Sprache: Georgisch, Armenisch oder Aserbaidschanisch. Wir verstanden sie nicht. Wir hatten schon Mühe, einander zu verstehen, denn sie spielten sehr laut. Dazu fuhren in regelmäßigen Abständen die Züge mit einem Stöhnen über die Brücke. Die Speisekarte im »Alten Baku« erinnerte in ihren Ausmaßen an *Das Kapital* von Karl Marx. Man hätte sicher bei dieser Lektüre genüsslich mehrere Abende verbringen können, doch so viel Zeit hatten wir nicht.

»Bringen Sie uns bitte etwas zu essen«, bestellte ich.

»Und etwas zu trinken«, ergänzte meine Frau.

»Ich habe verstanden«, nickte der Fliegenmann. »Welche Art Essen bevorzugen Sie? Armenisch, aserbaidschanisch, georgisch?«, fragte er vorsichtig.

»Ist uns egal, Hauptsache, es schmeckt. Bringen Sie uns von allem ein bisschen«, bestellten wir ganz internationalistisch.

»Ich habe verstanden«, wiederholte der Kellner, lächelte und verschwand in der Küche.

In fröhlicher Erwartung tranken wir aserbaidschanischen Rotwein, der angenehm leicht war und kalt serviert wurde. Die anderen Gäste waren größtenteils Männer, die mit mehreren Frauen gleichzeitig etwas feierten. Während wir auf das Essen warteten, nervte Onkel Joe das Personal mit bohrenden Fragen. Er wollte alles wissen. Wie funktioniert der Wasserfall, woher nehmen Sie das Wasser, haben Sie einen eigenen Brunnen gebohrt oder mit jemandem geteilt? Wer hat die Stromleitung gelegt und wer den Laden gebaut? Auch fragte Onkel Joe, wer die Chefs seien, Armenier oder Aserbaidschaner. Entgegen unserer Vermutung waren es Aserbaidschaner.

»Wir halten nichts von nationalen Konflikten, bei uns sind alle willkommen«, versicherte uns der Kellner.

»Ahso«, nickte Onkel Joe verständnisvoll. »Na dann. Wir sind zum Beispiel ursprünglich aus Tschetschenien.«

»Das macht uns auch nichts aus«, entgegnete der Kellner und servierte ein internationales Gericht.

Von jedem Gang gab es drei Varianten, und, was soll ich sagen, einen großen Unterschied habe ich nicht bemerkt. Nun weiß ich, dass die Georgier ihre Kutabi – Teig mit gehacktem Fleisch – wie die Russen ihre Pelmenis zusammenkleben, dass die aserbaidschanischen Kutabi ausgerollt und nicht zusammengeklebt serviert werden und die armenischen bloß an den Ecken festgemacht werden. Schmecken tun sie alle.

Zum späten Abend füllte sich das Restaurant, wir

waren die Ersten, die auf die Tanzfläche gingen. Onkel Joe, der drei Jahre in der sowjetischen Armee bei der Schwarzmeerflotte als Matrose gedient hatte, sprach mit den Musikern und bestellte bei ihnen ein sowjetisches Lied aus der Zeit des Kalten Krieges: »Mach's gut, du liebe Martha, wir segeln morgen weiter, wir gehen heute ins Meer, wir sehen uns nicht mehr« – ein Ohrwurm aus dem vorigen Jahrhundert, als wir alle noch ein großes sozialistisches Volk waren. Die alten Musiker kannten es natürlich und spielten es gleich drei Mal hintereinander. Das Lied wurde von den anderen Gästen mit Verständnis aufgenommen.

Mit einem Gefühl, wie es einen nach getaner Arbeit überkommt, verließen wir müde, aber zufrieden kurz vor Mitternacht das »Alte Baku«. Vor dem Restaurant trafen wir auf alte Freunde: die Hunde Stepan, Tschernuschka und Schutschka, die den ganzen Abend auf uns gewartet hatten. Auf dem Rückweg in die Steppenstraße sangen wir weiter allgemein zugängliches Liedgut, obwohl wir verhältnismäßig wenig getrunken hatten, eigentlich gar nichts nach kaukasischen Maßstäben. Auch ohne uns ist es nachts in der Steppe immer laut. Die Frösche quaken, die Mäuse stöhnen, die Hunde jaulen, die Zikaden stricken an ihrem unsichtbaren Teppich, unbekannte Vögel rauschen vorbei, und manchmal meldet sich mit einem deftigen Muh! eine nächtliche Kuh, die vielleicht schlecht geträumt hat.

DIE BESONDERHEITEN DES KAUKASISCHEN GLAUBENS

Einmal saßen wir mit Onkel Joe im Garten, aßen Äpfel und spielten Schach. Dazu tranken wir wie immer Cognac. Wir befanden uns nämlich beide seit einer Woche auf Cognacdiät, das heißt jeden Abend eine halbe Flasche vor dem Essen. Diese Diät hat sich ganz natürlich aus dem kaukasischen Patriotismus des Onkels entwickelt. Vor dem Abflug in Berlin hatte ich am Flughafen eine Flasche Hennessy gekauft und sie bei der Ankunft dem Onkel geschenkt. Wir tranken die Flasche gleich am ersten Abend aus. Anschließend machte ich den Fehler, dieses feine ausländische Produkt zu loben. Der Onkel gab mir Recht, was die Qualitäten von Hennessy betraf, obwohl er gleich dazu bemerkte, dass die Flasche doch zu schwul aussehe. Gleichzeitig bemühte er sich um eine Richtigstellung.

»Du kommst mit fremdem Cognac in den Kaukasus, nur weil du mit den hiesigen Sorten nicht vertraut bist. Dabei werden bei uns sehr hochwertige Produkte gebrannt, die in nichts ihren ausländischen Schwestern nachstehen!«, behauptete der Onkel und ließ seinen Worten sogleich Taten folgen. Jeden Abend brachte er eine neue heimische Cognacsorte mit ans Schachbrett. Der Cognac verlangsamte unser Schachspiel deutlich, es ging kaum noch vorwärts. Doch beim Schach ist sowieso keine Hektik angebracht. In den nächsten Tagen probierten wir sämtliche Cognacerzeugnisse der Region. Wir tranken aserbaidschanischen Cognac, armenischen und georgischen, den Cognac aus Dagestan, den aus der Stadt Kislar und aus Temrjuk. Manche Flaschen hatten pathetische Namen wie der »Jubiläumscognac zum Unabhängigkeitstag der abchasischen Republik«, andere hatten überhaupt keine Namen, nur unverständliche Zahlen auf dem Etikett. Es waren aber überhaupt keine schlechten dabei. Am besten schmeckte mir der Cognac aus der dagestanischen Stadt Kislar.

»Lass uns schnell zu Ende spielen, ich muss noch die Stühle und die Tische vom Hof in die Kantine bringen. Morgen findet dort eine große Trauerfeier statt, 150 Gäste sind angekündigt, wir müssen alle Bänke und Tische dorthin schleppen«, erklärte mir der Onkel.

Sein Nachbar Alexander Ivanowitsch, ein guter Mann und der stellvertretende Direktor des Pferdekombinats, war am Samstag zuvor plötzlich gestorben. Er hatte gerade vor einem halben Jahr einen Herzschlag erfolgreich überstanden und sich seitdem verstärkt um seine Gesundheit bemüht, nichts Fettes gegessen und wenig getrunken. Alle Vorsichtsmaßnahmen hatten jedoch nichts genutzt, er starb kurz vor seinem siebzigsten Geburtstag. Den stellvertretenden Direktor kannte jeder im Dorf als einen großzügigen Menschen, der jedes Pferd auslieh und eine lustige Marotte hatte: in Reimen zu sprechen. Ich habe ihn auch einmal bei einem Geburtstag im Dorf erlebt. Zu feierlichen Anlässen machte er gerne Ansagen und brachte Toasts in Reimen aus. Ob man ihn darum bat oder nicht, zum richtigen oder zum falschen Zeitpunkt, stand der stellvertretende Direktor auf und las seine Kurzgedichte vor:

> Ich möchte dieses Glas erheben
> auf das Glück, mit euch zu leben.
> Lasst uns den Augenblick genießen,
> das Leben ist kurz, der Tod gerissen.

»Und dein Reim ist beschissen!«, fügte seine armenische Frau hinzu. Sie, die alle seine Reime seit fünfzig Jahren mit anhören musste und sie nicht leiden konnte, ging immer mit scharfen Bemerkungen dazwischen und beschimpfte ihren Mann. So zankten sich die beiden ununterbrochen, am Ende siegte aber fast immer der Direktor und reimte weiter bis zum Schluss. Es war tatsächlich eine seltsame Marotte, die jedem schnell auf die Nerven ging. Trotzdem lud man den Direktor zu jeder Feierlichkeit im Dorf ein. Ein guter Mensch ist er, der Alexander Ivanowitsch, auch wenn er manchmal in Reimen spricht, so lautete in etwa die generelle Meinung. Nun aber war Alexander Ivanowitsch tot, was irgendwie niemanden im Dorf verwunderte. Es habe ja schon Vorzeichen gegeben, meinte der Onkel.

»Welche Vorzeichen?«, fragte ich ihn.

»Siebzig ist ein gefährliches Männeralter«, erklärte mir Onkel Joe.

Die Männer im Kaukasus sterben nämlich besonders häufig zu ungeraden Lebensjahrzehnten. Mit dreißig kann einem zum Beispiel viel passieren, weil man in diesem Alter gerne streitet, die Gefahr liebt und viel vorhat. Wenn man aber die dreißig überlebt hat, ist erst einmal Ruhe angesagt. Die nächste Hürde kommt erst mit fünfzig, weil man da denkt, man sei noch immer dreißig, und sich infolgedessen auf der ganzen Linie übernimmt. Viele sterben mit fünfzig, weil sie dieses Alter nicht verstehen. Wenn sie aber nicht gestorben sind, können sie sich so lange entspannen, bis sie auf die siebzig zugehen. Und siebzig zu sein ist schwierig, weil man sich mit siebzig an so viel erinnert, dass einem ganz schnell schlecht davon wird.

»Das ist dann aber auch die letzte Hürde«, meinte der Onkel. »Wenn man auch die siebzig gemeistert hat, kann eigentlich nichts mehr passieren.«

An jeden Verstorbenen wird nach hiesiger Sitte drei Mal erinnert: am Tag seines Begräbnisses sowie am neunten und am vierzigsten Tag danach. Bis zum vierzigsten Tag bleibt die Seele des Verstorbenen bei den Lebenden. Am neunten Tag verlässt sie den Körper des Verstorbenen und irrt bis zum vierzigsten Tag in seinem Haus und Hof umher. Die Lebenden müssen an sie denken und sie beruhigen, das heißt, für sie im Haus in einer Ecke ein Glas mit dem Lieblingsgetränk des Verstorbenen und ein paar Brote dazu hinstellen. Beim Abendessen muss man drei Mal auf den Verstorbenen trinken, damit ihn die Erde gut aufnimmt und sein Geist reibungslos in den Himmel kommt, auf dass seine Seele die Seinen findet. Wenn man diese Rituale nicht befolgt, kann die Seele auch nach den vierzig Tagen noch im Haus herumirren und die Familienangehörigen verwirren oder sogar versuchen, sie ins Jenseits mitzunehmen.

Diese Rituale haben wenig mit dem Christentum zu tun. Die Menschen im Kaukasus sind wie alle Russen doppelt gläubig. Nach dem Fall des Sozialismus wurden hier überall Kirchen und/oder Moscheen gebaut beziehungsweise wieder hergerichtet. Selbst in kleinen Städten und Dörfern sind diese Kultstätten schon von weitem zu sehen. Es sind in der Regel neben dem Rathaus und der Bank die prachtvollsten Bauten der Gegend, mit goldenen Kreuzen oder Halbmonden auf dem Dach und einem großen menschenleeren Hof davor. Die meisten Leute gehen jedoch nur zu den großen religiösen Feiertagen in die Kirche oder Moschee, im Alltag bleiben sie heidnisch. Vielleicht liegt es daran, dass Russland spät, erst vor tausend Jahren, christianisiert wurde und selbst dann nicht ganz. Der heidnische Aberglaube aus den alten Zeiten, von Großmüttern immer wieder neu interpretiert, hat sich mit den Postulaten der orthodoxen Kirche vermischt, die durch ihre Spaltung und später, als sie von den Bolschewiken in den Untergrund gedrängt wurde, ohnehin schon genügend mystische Züge bekommen hatte.

Bereits unter den Zaren hatte die orthodoxe Kirche es nicht leicht, den heidnischen, kirchenfeindlichen Aberglauben zu bekämpfen. Damals glaubten die Leute zum Beispiel, dass es schlecht sei, wenn man auf dem Weg zum Angeln einem Popen begegnete. Man fing dann keine Fische. Als schlechtes Omen galt es auch, wenn man einen Geistlichen neben dem Friedhof traf. In diesem Fall musste man ihm hinterherspucken oder einen kleinen Stein nach ihm werfen. Einen Geistlichen im Wald zu treffen, galt als schädlich für das Jagdglück. Außerdem würde man sich hernach bestimmt im Wald verlaufen. In diesem Fall musste der Jäger ebenfalls dem Popen hinterherspucken und sein Hemd linksherum anziehen. Bei einer kirchlichen Hochzeit versuchte die Braut, möglichst unauffällig dem Popen, der die Zeremonie leitete, auf den Fuß zu treten, damit ihr zukünftiger Ehemann nicht zum Trinker wurde. Mit einem Wort, es herrschten raue Sitten, die das Leben der Geistlichen auf dem Lande erschwerten.

Es gab deswegen viele Beschwerden von Kirchenmitarbeitern beim obersten Organ der russischen Orthodoxie, der Heiligen Synode, die ja bemüht war, das

Heidentum auszurotten. Jedes Jahr veröffentlichte die Heilige Synode Aufklärungsbücher, Aufrufe an das Volk, die in den Kirchengemeinden verteilt werden mussten: »Aufruf an die Angler«, »Aufruf an die Pilzsammler«, »An die Jäger« usw. Die Kirche wollte dem Volk erklären, dass jede Begegnung mit einem Geistlichen in Wahrheit nur Glück verhieß, pures Glück und sonst nichts. Es hat nichts gebracht. Die Menschen blieben abergläubisch. Weder tausend Jahre Christentum noch siebzig Jahre Sozialismus konnten daran etwas ändern.

Jeder im Kaukasus, egal welcher Konfession, hat tausend Aberglaubens-Artikel im Kopf. Er weiß, dass es in einem richtigen Haus immer einen Hausgeist gibt, mit dem man besser in Frieden lebt, und dass jedes Lebewesen unter einem ganz bestimmten persönlichen Schicksal zu leben und zu leiden hat. Man weiß, dass der Tod Zöpfe trägt, dass man Wasser, egal ob im Brunnen oder im Glas, immer abdecken muss, damit der Hausgeist nicht hineinspuckt. Dass der Frösche fressende Storch in seinem früheren Leben ein reicher Bauer war, der seine Arbeiter schlecht ernährte, und dass die Falter, die abends um die Glühbirne flattern, verlorene Seelen sind, die nicht richtig verabschiedet wurden und deswegen das richtige Licht nicht vom falschen unterscheiden können. Außerdem wissen manche, dass der Kuckuck früher ein armes Mädchen war, das vom Wiedehopf verführt wurde. Der hübsche Vogel mit den runden Augen und der Ponyfrisur schwängerte sie, versprach, sie zu heiraten, und machte sich dann aus dem Staub. Seitdem findet der Kuckuck keine Ruhe und hat keinen Platz mehr im Wald. Alles fällt ihm aus dem Schnabel, er baut keine Nester, lässt seine Küken von fremden Vögeln aufziehen, fliegt nur herum und ruft ununterbrochen »Kommst du? Kommst du?«. Er ruft und ruft ganze Tage und Nächte hindurch. Manchmal verliert der Wiedehopf die Nerven und schreit aus der Dunkelheit zurück: »Gleich!« Er kommt aber nie.

SCHUSSWAFFEN IM NORDKAUKASUS

Oft habe ich denselben Albtraum: Ich werde erneut in die sowjetische Armee einberufen. Im Traum kommt ein Unteroffizier zu mir nach Hause nach Berlin und drückt mir eine schriftliche Aufforderung in die Hand. In dieser steht, ich habe mich dann und dann dort und dort einzufinden und mich zum Dienst zu melden.

»Aber ich war doch schon bei der Armee«, versuche ich den Unteroffizier in meinem Traum zu besänftigen. »Ich habe zwei Jahre bei der Raketenabwehr auf einer Funkstation abgesessen, 1986–88, Rufzeichen ›Grüne Tasse‹, Sie können es nachprüfen! Außerdem zieht die Armee doch nur Leute bis zum 27. Lebensjahr ein, ich bin aber schon über vierzig! Ich fühle mich nicht gut, ich habe Rückenschmerzen, meine Sehkraft schwankt, ich kann nicht mehr zielen. Abgesehen davon gibt es meine Heimat, die Sowjetunion, seit beinahe zwanzig Jahren gar nicht mehr, und Russland habe ich verlassen. Ich bin deutscher Staatsbürger!«, erkläre ich im Traum dem Unteroffizier.

Er tut so, als würde er mich nicht hören. Die weltpolitische Lage sei eskaliert, murmelt er. Amerika sei immer frecher geworden, die Nato-Erweiterung Richtung Osten kaum noch zu stoppen, die separatistischen Bewegungen in den Regionen würden von ausländischen Geheimdiensten unterstützt.

»In dieser Situation brauchen wir jeden Mann«, sagt der Unteroffizier.

An dieser Stelle wache ich schweißgebadet auf. Als ich in einer kleinen Runde zu Hause von dem Traum erzählte, meinten zwei Freunde von mir, auch sie hätten schon im Schlaf erlebt, dass sie noch einmal zur Armee mussten. Ein Massenalbtraum also.

Der Armeedienst in der Sowjetunion war ein tiefgreifendes Erlebnis, das bei vielen schlimme Spuren hinterlassen hat. Alle Männer mussten in der Sowjetunion eine Militärausbildung absolvieren. Selbst wenn sie nicht in die Armee eintreten mussten, hatten sie in der Schule ab der neunten Klasse Kalaschnikows auseinander- und wieder zusammengebaut, waren auf dem Schulhof hin- und hermarschiert und hatten mit einer Stoppuhr eine Gasmaske auf- und wieder abgesetzt. Der sozialistische Staat hat nie versucht, sich mit den feigen Kapitalisten in einem Wurstwettbewerb anzulegen, ihm ging es auch nicht darum, wessen politisches System imstande war, mehr Klamotten, Autos oder Lebensmittel zu produzieren. Das Wettrennen der Ideologien fand ausschließlich im Bereich der Rüstung statt.

Die gesamte sowjetische Industrie war in Wirklichkeit eine Rüstungsindustrie, auch wenn sie Nuckel oder Zahnbürsten produzierte. Solche Fabriken und

Betriebe hatten parallel immer militärische Aufgaben zu erfüllen, oder sie konnten im Fall der Fälle schnell auf Waffenproduktion umschalten. Deswegen ähnelten die sowjetischen Anzüge den Uniformen, Waschschüsseln hatten die Form von Satellitentellern, die Ersatzteile von Traktoren passten in Panzer, und alle Nudeln in der Sowjetunion waren vom Kaliber 7,42, damit man zur Not mit den gleichen Produktionslinien Hülsen für die damals gängige 7mm-Munition herstellen konnte. Dieser staatliche Militarismus trug dazu bei, dass die Bürger der Sowjetunion, genau wie die Bürger Amerikas, Waffen mochten beziehungsweise verherrlichten. Später, als das kapitalistische Amerika mit seinen Chicken Wings unsere 7mm-Makkaroni fertigmachte, fand der Rüstungswettkampf ein Ende. Die Sowjetunion ging ein, aber die Waffenverherrlichung in der Bevölkerung blieb erhalten.

Besonders viele Waffennarren trifft man in den ländlichen Gebieten Russlands, obwohl die russischen Waffengesetze alles andere als nachlässig sind. Meine Schwiegermutter bekam beispielsweise dafür, dass sie die alte Jagdflinte ihres verstorbenen Mannes nicht rechtzeitig registrieren ließ, zwei Jahre auf Bewährung und wurde auch noch wie zum Hohn mit einem Ukas des Präsidenten amnestiert. Alle ihre Nachbarn in der nordkaukasischen Steppenstraße besitzen Schusswaffen, aber die meisten wissen nicht einmal, wozu sie die Waffen brauchen. Zum Schutz des Familienherdes –

aber vor wem? Früher brachte jeder Bewohner der Steppenstraße, wenn er geschäftlich oder privat in die Stadt fahren musste, sein Gewehr und sein Geld zum Nachbarn. Wenn der eine abwesend war, musste der andere auf dessen Familie und dessen Haus aufpassen, erzählte mir Onkel Joe, der bis vor kurzem als einziger Waffenloser in der Straße auffiel. Alle seine Freunde hatten Gewehre und zögerten nicht, Gebrauch von ihnen zu machen.

Worauf wird im Kaukasus geschossen? Der Imker Juri Wladimirowitsch schießt zum Beispiel auf kleine graue Vögel, die seinen Bienen die Köpfe abreißen. Diese spatzenähnlichen kaukasischen Vögel betrachten Bienenköpfe als Delikatesse. Sie kommen in Scharen zu Juri Wladimirowitsch auf den Hof, fliegen herum, und eine Minute später liegt schon ein Haufen geköpfter Bienen vor dem Tor. Juri Wladimirowitsch hatte lange Zeit versucht, friedlich gegen diese Vögel vorzugehen, indem er auf dem Hof mit den Armen ruderte und pfiff, um die Vögel mit seiner Darstellung einer lebendigen Vogelscheuche zu beeindrucken. Seine schauspielerische Leistung versagte jedoch, die Vögel nahmen keine Notiz von ihm. Daraufhin feuerte er sein Gewehr ab. Das zeigte Wirkung. Die Vögel bekamen Angst und ließen die Bienen für eine Weile in Ruhe. Leider haben Vögel nur ein kurzes Gedächtnis. Zwei Tage später kamen sie wieder. Juri Wladimirowitsch dachte sich, wenn er einen Vogel erwischen würde, sähe die Sache vielleicht anders aus. Er zielte auf die Vögel nach allen Regeln der Schießkunst, schoss aber nur seine eigene Satellitenschüssel vom Dach.

Der andere Nachbar, Gleb Michailowitsch, schießt nur zu großen Feiertagen, Familienfesten, oder wenn die russische Fußballmannschaft erfolgreich gespielt hat. Manchmal gibt er Warnschüsse auf große Flugzeuge ab, wenn sie aus seiner Sicht zu tief fliegen. Auch er hat bis jetzt noch nie getroffen. Beide Nachbarn gehen im Winter weiße Hasen schießen, die es, Gerüchten zufolge, massenweise hinter dem Berg gibt. Mehrmals luden sie Onkel Joe ein mitzukommen, der hatte aber noch keine Genehmigung zum Waffenkauf ergattert.

Es kann in Russland bis zu einem Jahr dauern, bis man einen Waffenschein bekommt. Derjenige, der nach Waffen giert, muss sich zuerst mit einem Psychiater über den Sinn des Lebens unterhalten, eine Unbedenklichkeitsbescheinigung von der Polizei und von der Steuerbehörde einholen und sich einem Sehtest unterziehen. Der Staat will sich vergewissern, dass der Waffeninhaber wenn schon, denn schon auch trifft. Natürlich können die russischen Sicherheitsauflagen mit den Waffengesetzen im kindersicheren Deutschland nicht konkurrieren. Wo doch hier jeder Schütze seine Waffe nur in einem speziellen Stahlschrank durch die Gegend schleppen darf, wobei die Schlüssel des Schrankes in einem anderen Schrank mindestens zwanzig Meter unter der Erde und fünf Kilometer von der Waffe entfernt deponiert werden müssen.

Onkel Joe fühlte sich lange Zeit als waffenloser Steppenbewohner ziemlich unsicher. Nicht einmal die Steppenmäuse hatten Angst vor ihm. Er gab sich große Mühe bei den ärztlichen Attesten, bekam dann auch tatsächlich die Genehmigung zum Erwerb einer Waffe und suchte dann sehr lange nach dem richtigen Gewehr. Fast zu lange. Die Erlaubnis, eine Waffe zu kaufen, gilt nämlich nur für eine beschränkte Dauer, maximal ein halbes Jahr. Danach muss man erneut einen Sehtest machen und mit einem Psychiater über den Sinn des Lebens reden. Drei Tage bevor seine Erlaubnis abgelaufen wäre, fand Onkel Joe doch noch die richtige Knarre. Die Freude über die Waffe war groß, der erste Schuss aber noch immer nicht gefallen.

»Wir warten auf den Winter, dann gehen wir mit den Nachbarn zusammen auf die Jagd«, erklärte mir der Onkel am Telefon. »Weiße Hasen!«, erzählte er begeistert.

Neuerdings wurde sogar ein Wildschwein hinter dem Berg gesichtet, obwohl Gleb Michailowitsch behauptet, das Wildschwein sei nur halb so wild: In Wirklichkeit sei es früher ein Ferkel in einem Haushalt im Dorf gewesen, dem erst vor kurzem die Flucht gelungen sei. Es zog sich hinter die Berge zurück und versucht dort, sich als freies selbständiges Schwein eine neue Existenz aufzubauen.

Der Winter naht. Ich hoffe, die Kosaken, die Hasen und das Schwein werden die Jagdsaison gut überstehen.

DAS KAUKASISCHE MINERALMEER

Alle drei Monate besucht uns meine Schwiegermutter. Sie bleibt auf den Tag genau drei Monate bei uns in Berlin, das ist die maximale Aufenthaltsdauer, die von der deutschen Gesetzgebung für den Besuch einer Schwiegermutter aus dem Kaukasus vorgesehen ist. Ich weiß nicht, an welchen Richtlinien sich der deutsche Gesetzgeber in diesem Fall orientiert, aber es muss schon vernünftige Gründe für diese Regel geben. Alles in Deutschland hat vernünftige Gründe. Vielleicht ist es schon mehrmals vorgekommen, dass Schwiegermütter, die länger als neunzig Tage im Land zu Besuch blieben, terroristische Aktivitäten gegen die Einheimischen entwickelten oder gegen ihre verwandtschaftlichen Gastgeber Amok liefen.

Als gesetzestreue Bürgerin hat meine Schwiegermutter in all den Jahren unserer Verwandtschaft nicht ein einziges Mal die 90-Tage-Frist überschritten. Letztes Jahr hatte sie sich allerdings verzählt. Sie feierte mit uns ausgiebig Silvester, und zwar die ganze Nacht vom 31. Dezember bis zum 3. Januar, half abschließend noch sauberzumachen, die Möbel wieder aufzustellen und die Gardinen wieder aufzuhängen. Dann flog sie frohen Mutes am 4. Januar in den Kaukasus zurück mit Zwischenlandung in Moskau, um pünktlich zu

Ostern wieder nach Berlin zu kommen. Anfang April hatten die Kinder Schulferien. Wir könnten alle zusammen nach Mallorca fliegen, so planten wir. Meine Schwiegermutter landete am 4. April in Tegel. Aus ihrer Sicht hatte sie die notwendige 90-Tage-Pause völlig korrekt eingehalten. Die Grenzkontrolle war aber anderer Meinung. Die Schwiegermutter wurde beiseitegenommen und bekam es mit der Angst zu tun. Immerhin hatte sie in ihrem Gepäck unerlaubte verdächtige Gegenstände versteckt, die sie nach Deutschland transportieren wollte: Kaviar, geräucherten Fisch und das Holzmodell eines chinesischen Panzers zum Selberbasteln.

Die Polizisten behaupteten, meine Schwiegermutter müsse sofort zurückfliegen und in zwei Tagen wiederkommen, weil die 90-Tage-Pause nicht eingehalten worden sei. Zwei Polizisten hielten meine Schwiegermutter, die aus Mangel an Sprachkenntnissen ziemlich in Panik geraten war, fest, meine Frau und ich widersprachen unterdessen der Grenzkontrolle. Die Polizisten holten einen Taschenrechner und bewiesen uns damit, dass der Februar wegen seiner extremen Kürze die 90-Tage-Frist der Schwiegermutter versaut hatte. Wir holten ebenfalls einen Taschenrechner heraus und demonstrierten damit, dass der März durch seine extreme Dauer den Februarverlust wettgemacht hatte. So standen wir an dieser deutschen Tegel-Grenze mit Taschenrechnern bewaffnet und rechneten einander die Schwiegermutterpause vor, wobei die Schwiegermutter selbst an der Diskussion nicht teilnehmen konnte und sehr darunter litt. Je länger wir rechneten, umso unübersichtlicher schienen uns unsere Rechnungen. Die Polizisten griffen zum Telefon und holten einen Vorgesetzten, der ein Rechnungsweiser war. Er rechnete noch einmal alles durch und gab uns anschließend Recht. Meine Schwiegermutter durfte die Grenze passieren, nicht einmal ihr Gepäck wurde kontrolliert.

Mit der Schwiegermutter passierten die deutsche Grenze eine kleine Büchse roter Kaviar, eine große Büchse mit Honig aus den Vorräten des kaukasischen Imkers und Nachbarn Juri Wladimirowitsch, ein eigenhändig von Onkel Georgij Ivanowitsch gefangener und geräucherter Fisch und ein chinesischer Panzer zum Selberbasteln als Geschenk für das Enkelkind Sebastian, der jedoch auf Computerspiele steht und zu faul zum Zusammenkleben chinesischer Panzer ist. Zu dem Panzer gehörte ein ganzer Stapel Skizzen und Ausrüstungsbeschreibungen, wie man sie bei einem Spielzeug nicht erwartet. Wahrscheinlich haben die Chinesen die ins Russische übersetzten Baupläne des echten Panzers einfach für das Spielzeugmodell kopiert. Man muss schon ein paar Jahre Panzerfahrer-Erfahrung haben, um die Einzelheiten zu verstehen, obwohl das Ganze »ab drei« freigegeben ist.

Um den Stress der Anreise zu mildern, gingen wir am gleichen Abend alle zusammen zum Italiener, in die große Pizzeria bei uns im Prenzlauer Berg, die sich tatsächlich auf einem kleinen Berg befindet. Wir nennen sie in unserem Familien-Slang die Bergpizzeria. Die Schwiegermutter kannte und mochte sie von ihren früheren Berlinaufenthalten. Diese Pizzeria gilt im Bezirk als sozial und alternativ, die Preise sind erträglich, die Pizzen groß, alle Kellner sind gepierct und tragen buntgefärbte Punkfrisuren. Innen sind alle Wände mit Graffitis besprüht, und über der Küche hängt ein großes Plakat mit einem Kleinkind darauf. Darunter steht: »Revolution ja, aber nicht wie in Russland.«

Jedes Mal ärgerte ich mich über dieses Plakat. Was wissen diese Pizzabäcker schon von unserer Revolution, außer dass sie schiefging? Sie wurde von Romantikern durchgeführt, von Pragmatikern übernommen und von Zynikern in den Sand gesetzt. Seitdem muss die Russische Revolution immer wieder als Symbol des gescheiterten sozialistischen Experiments herhalten. Der russische Sozialismus ist darüber zu einer Vogelscheuche geworden. Meine Kinder, die eigentlich deutsche Kinder sind, weil in Deutschland geboren, kennen nur die Schrecken des Nationalsozialismus, weil man darüber in Deutschland schon in der Grundschule unterrichtet wird. Mein Sohn musste bereits in der dritten Klasse Vorträge zum Thema Bücherverbrennung halten. Er weiß über viele grausame Verbrechen des Nationalsozialismus Bescheid. Ein anderer Sozialismus wird in der Schule nicht gelehrt. Davon wissen die Kinder nichts, und wenn sie das Wort Sozialismus hören, denken sie zuerst an Adolf Hitler.

Beim Italiener habe ich zuerst das Plakat über die russische Revolution der Schwiegermutter übersetzt, dann die Kinder über Kapitalismus und Sozialismus aufgeklärt. Diese Erklärung war ich ihnen schon lange schuldig.

»Beim Kapitalismus, wie der Name schon verrät, steht das Kapital im Mittelpunkt«, erklärte ich. »Das Kapital ist nicht nur eine Menge Kohle, die es auszugeben gilt. Es ist wie Feuer, es muss sich vermehren, um nicht auszugehen. Die Haupteigenschaft, die der Kapitalismus in den Menschen erzeugt, ist die Gier. Die Bürger dürfen nicht mit gutem Gewissen auf dem Sofa liegen, sie müssen stets mehr wollen und sich dafür den Arsch aufreißen. Der Sozialismus sollte als Gegenentwurf den Menschen in den Mittelpunkt stellen und in ihm die umgekehrten Eigenschaften wecken: Faulheit, Gelassenheit, Entspannung. Es waren nicht die schlechtesten Eigenschaften, aber Bürokraten, Diebe, Fanatiker und Generäle haben die ganze Sache mit dem Sozialismus versaut. Sie haben den sowjetischen, zwar in die falsche Richtung, aber immerhin entwickelten Sozialismus gegen einen primitiven amerikanischen Kapitalismus getauscht. Seitdem haben sich die Russen freiwillig zu sozialistischen Schreckgespenstern gemacht. Und wenn es darum geht, die Menschen irgendwo auf der Welt an die Alternativlosigkeit der kapitalistischen Gesellschaftsordnung zu erinnern, wird die gescheiterte russische Revolution als letztes überzeugendes Argument herausgeholt. Dabei war das anarchistische Russland, in dem schon immer die Falschen an der Macht waren, ein denkbar ungünstiges Land für ein solches wichtiges gesellschaftliches Experiment. Die Deutschen, glaube ich, hätten den Sozialismus viel besser hingekriegt, aber sie wollten nicht experimentieren.«

»Alles Quatsch«, meinte meine Schwiegermutter. »Der Sozialismus bedeutete in Russland nichts als schlimme Ausbeutung, und der Kapitalismus hat nichts an den schlimmen Verhältnissen geändert. An vielen Orten gehen sie Hand in Hand.«

Der Nordkaukasus, das ganze Gebiet Stawropol, wo meine Schwiegermutter wohnt, wird noch heute von den Kommunisten regiert. Die Gegend gehört zu dem sogenannten Roten Gürtel Russlands. Dort werden seit ewigen Zeiten die Kommunisten gewählt. Und was passiert? Die Kommunisten haben sich mit der kapitalistischen Gesellschaftsordnung prima arrangiert. Sie lassen sich gerne korrumpieren und von den Reizen des Kapitals verführen. Das einheimische und das ausländische Kapital drehen seit den Neunzigerjahren im Nordkaukasus ihre Kreise auf der Suche nach »innovativen Investitionsprojekten«, und die Gebietsadministration freut sich darüber, weil sie aus Tradition zwanzig Prozent dieser Investitionen einbehält.

In der letzten Zeit wütete das Kapital im Kaukasus wie ein Orkan. Überall, wo er vorbeizog, hinterließ er hässliche Spuren: überdimensionale Hotels, die zwischen den kaukasischen Bergen wie eine Parodie auf den Größenwahn der Natur aussehen, oder riesige Autohäuser mitten in der Steppe. Überall wurden ehrgeizige Bauvorhaben angefangen. Mal fehlte plötzlich ein Stück Wald, mal war ein ganzer Berg weg, zu Bausteinen abgebaut und auf LKWs in unbekannte Richtung abtransportiert. Der Abbau des armen Berges ging schwindelerregend schnell. Eine Woche lang verdreckte Staub die Fensterscheiben der Häuser, und als die Einwohner ihre Fenster geputzt und einen Blick nach draußen geworfen hatten, war der Berg auch schon weg. Fortan mussten sogar die Bergadler auf dem Dach des örtlichen Lebensmittelladens notlanden.

Solche innovativen Projekte der Großinvestoren werden von Moskau gefordert und unterstützt. Die Regionen müssen zeigen, dass sie nicht schlafen, sondern sich großkapitalistisch anstrengen. Je bombastischer und teurer ein Projekt ist, desto besser für das Ansehen der Region. Ein türkischer Konzern bot vor zehn Jahren an, eine Kette von Spa-Hotels im Nordkaukasus zu errichten: zwölf Spa-Hotels in den Bergen neben den heilenden Mineralwasserquellen, die bei Magen-Darm-Beschwerden halfen. Der Wirtschaftsplan versprach eine üppige Dividende. Reiche Touristen mit Magen-Darm-Beschwerden würden in Scharen kommen, die kaukasischen Berge mit ihrer Valuta vergolden und das Gebiet in ein südrussisches Antalya verwandeln, versprachen die Türken. Sie haben ein hübsches Modell von den Hotels angefertigt und es der administrativen Leitung des Roten Gürtels geschenkt. Mit diesem Modell konnten die Kommunisten auf vielen Wirtschaftsforen und Symposien zur regionalen Entwicklung angeben. Es sorgte stets für Staunen und zustimmendes Kopfnicken und galt als vielversprechendes Investitionsobjekt. Der Gouverneur weihte als symbolisches Zeichen für den Baubeginn des Projekts sogar eine kleine Grube für das Fundament ein, am Fuß eines Berges, ganz in der Nähe des Dorfes meiner Schwiegermutter.

Mit den Jahren kamen neue Einzelheiten zum ursprünglichen Projekt hinzu, neues Geld floss in die Baugrube, ein neuer, ebenfalls kommunistischer Gouverneur – der alte musste wegen Vielweiberei zurücktreten – nahm das Projekt ins Visier. Unter seiner Schirmherrschaft wurde es immer bombastischer. Es ging nicht mehr nur um Hotels, es ging um ein Meer. Ein Mineralmeer, eine typisch sozialistisch-kapitalistische Wahnidee, beschwerte sich meine Schwiegermutter. Es wird nun neben ihrem Dorf ein drei Meter tiefes Mineralmeer gegraben, mit einem zehn Hektar großen Meeresspiegel. Dafür müssen ein paar Berge von der Karte getilgt werden, und vermutlich werden alle Mineralwasserquellen der Region dadurch austrocknen.

Dafür bekommt der Nordkaukasus etwas, was es nirgendwo sonst auf der Welt gibt: ein ganzes Meer aus Mineralwasser, das gegen Magen-Darm-Beschwerden hilft. Die Bewohner laufen gegen dieses Projekt Sturm. Als Steppen- und Bergmenschen haben sie Angst vor dem Meer. Was kommt als Nächstes, fragen sich die Leute. Was kann uns noch passieren? Alles ist denkbar in diesem sozialistischen Kapitalismus. Ein Vulkan könnte in einen Berg gebohrt werden, ein Mineralwasserfall gebaut, eine neue Rasse von Mineralwalen gezüchtet werden. Schon jetzt sind viele regelrecht seekrank.

»Wir sind gerade dabei, von Bergbewohnern auf Seeleute umzuschulen«, lachte die Schwiegermutter bitter.

»Denk bitte daran«, bat mich mein Sohn, der die ganze Zeit unserem Gespräch über die Probleme der Schwiegermutterregion gelauscht hatte, »dass wir im August, wenn wir in den Kaukasus fahren, unbedingt eine Angel mitnehmen!«

Dabei hob er mahnend den Zeigefinger.

MEINE SCHWIEGERMUTTER IN BERLIN

Die großen überdachten Kaufhallen für Lebensmittel, die sogenannten Supermärkte, sind im Nordkaukasus verpönt. Der einzige Lebensmittelladen im Dorf meiner Schwiegermutter hat die Größe einer Berliner Eisdiele. Die Hälfte des Platzes nimmt die Verkäuferin in Anspruch, die andere Hälfte ist mit Brot, Makkaroni, Zucker, Salz und Zigaretten vollgestellt. Es werden außerdem noch Milch und Butter verkauft, die von der eigenen Kuh der Verkäuferin kommen. Das dekadente Lebensmittelsortiment eines Supermarktes, die Armee von Joghurts mit gesundheitsfördernden Bakterien, die Fleischpasteten aus der Leber exotischer Tiere, die Barrikaden aus Ananaskonfitüre finden in der ländlichen Gegend des Kaukasus keine Abnehmer. Hier wird nur etwas verkauft, was die Bewohner jeden Tag zum Leben brauchen.

Bei uns in Berlin wundere ich mich seit zwanzig Jahren über die Menge der Lebensmittel, die in den Hallen der großen Supermärkte ausliegt. Das eindrucksvolle Sortiment tut mir leid und lässt außerdem viele Fragen offen. Ich glaube nicht, dass diese Mengen jemals tatsächlich verkauft werden können. Wer soll das alles lagern und essen? Selbst wenn jeder Berliner eine Kaufkraft von der Stärke einer Atombombe und den

Magen eines Mammuts hätte, würde man es nicht schaffen, alle Regale in den Supermärkten leer zu kriegen. Jemand, der am Ende des Tages als letzter Kunde in einem Supermarkt vorbeischaut, findet die Regale genauso voll, wie sie am Vormittag waren, als hätten die Kunden gar nichts nach Hause mitgenommen. Dabei sind die meisten Produkte in diesen Kaufhäusern schnell verderblich, sie können nicht ewig im Regal liegen.

Es gibt nur eine Erklärung: Irgendwo tief unter der Erde muss es unter jedem Supermarkt einen Joghurt-Drachen geben, dem alle übrig gebliebenen Produkte mit überschrittenem Verfallsdatum in den Rachen geschoben werden. Oft, wenn ich einkaufen gehe, stelle ich mir diesen Drachen vor, der Joghurts frisst. Es scheint mir, als könnte ich hören, wie er unter dem Supermarkt schwer atmend auf die neue Tagesration wartet. Deswegen gehe ich ungern in Berlin in großen Läden einkaufen. Meine Schwiegermutter dagegen ist von den Berliner Kaufhallen begeistert. Je größer, desto besser. Sie geht jeden Tag einkaufen, wenn sie uns in Berlin besucht, ein Grund findet sich immer. Die Familie ist groß, irgendetwas fehlt dauernd.

In Berlin wohnen wir zwischen zwei großen Einkaufscentern, einem im Westen und einem im Osten der Stadt. Beide sind gleich weit von unserem Haus entfernt, deswegen geht meine Schwiegermutter abwechselnd an einem Tag gen Osten und am nächsten

Tag gen Westen einkaufen, um beiden Läden gerecht zu werden. Der tägliche Einkaufsbummel macht ihr großen Spaß. Wie eine Disko, in der die Menschen kommunizieren, ohne miteinander zu reden, bietet die Kaufhalle eine Form der Kommunikation, die ohne Sprachkenntnisse auskommt.

Seit vielen Jahren geht meine Schwiegermutter nun schon allein in Berlin einkaufen, und nie hat es irgendwelche Komplikationen gegeben. Bis sie einmal kurz vor Weihnachten deutlich mehr Zeit als geplant im sogenannten Gesundbrunnen-Center verbrachte. Sie war offenbar im Westen verschollen, wir machten uns schon Sorgen und wollten sie suchen gehen. Da erschien sie endlich verwirrt und nachdenklich wieder zu Hause. Sie sagte uns, man habe sie in der Kaufhalle aufgehalten, um sie zu fotografieren. Sie brauchte beinahe eine Stunde, um sich zu beruhigen. Dann erzählte sie ausführlich, was passiert war.

Meine Schwiegermutter hatte in der Real-Filiale des Gesundbrunnen-Centers einen typischen alltäglichen Einkauf getätigt: zehn Dosen Katzenfutter, eine Gurke, eine Flasche Ketchup und ein Blutdruckmessgerät. Das alte Gerät war vor kurzem kaputtgegangen. Die Kassiererin bearbeitete die Einkäufe blitzschnell wie eine Maschine mit ihrem Lasergerät. Als sie das Blutdruckmessgerät in die Hand nahm, das als Letztes auf dem Band lag, wurde sie plötzlich nachdenklich und schaute meine Schwiegermutter fragend an. Die gab der Kassiererin einen Fünfzig-Euro-Schein. Die Kassiererin nahm das Geld und fing an zu telefonieren. Der Sicherheitsmann des Kaufhauses, der in der Nähe stand, zeigte deutliches Interesse für die Situation, kam aber nicht näher. Irgendetwas lief schief, nur was? Meine Schwiegermutter überlegte panisch, was sie möglicherweise falsch gemacht hatte, oder was in ihrem Benehmen für die Mitarbeiter der Kaufhalle komisch sein könnte. Sie schaute sich noch einmal ihre Einkäufe an: das Katzenfutter, die Gurke, das Ketchup und das verfluchte Blutdruckmessgerät. Für jedes einzelne Produkt hatte sie eine Erklärung. Alle zusammen stellten sie vielleicht eine seltsame Mischung dar, jedoch nicht so seltsam, dass man gleich verhaftet würde.

Nach dem kurzen Telefonat der Kassiererin kamen zwei ihrer Kolleginnen, zwei kräftige Damen, die meine Schwiegermutter unterhakten und sie laut redend in eine unbekannte Richtung zogen. Das einzige Wort, das sie verstand, war »Foto«. Das ist das Ende, dachte meine Schwiegermutter, ich bin verhaftet worden und weiß nicht einmal, wofür. Jetzt machen sie Fotos von mir wie in diesen amerikanischen Filmen, wenn Kriminelle geschnappt werden: einmal im Profil und einmal frontal. Danach werde ich bestenfalls ausgewiesen. Meine Schwiegermutter schaute sich nach möglichen Fluchtwegen um. Man konnte nirgendwohin weglaufen, vor dem einzigen Ausgang stand der

Sicherheitsmann, der das Abführen meiner Schwiegermutter nach wie vor mit großem Interesse verfolgte.

Die Mitarbeiterinnen des Kaufhauses hielten meine Schwiegermutter fest, man sah ihnen an, dass sie an der Situation großen Spaß hatten. Sie lächelten, zwinkerten meiner Schwiegermutter zu und redeten ununterbrochen. Wie vor einem Baby tanzte eine der Damen vor der Schwiegermutter. Sie führte einen seltsamen wilden Bauchtanz vor, indem sie ihr Becken kreisen ließ, mit den Händen fuchtelte und dabei laut »gratis, gratis, gratis« ausrief. Das Wort »gratis« kannte die Schwiegermutter ebenso wie das Wort »Foto«. Nicht umsonst hatte sie in der Schule fünf Jahre lang Deutschunterricht gehabt. »Gratis« klang beruhigend, obwohl unklar war, was »gratis« in dieser Situation bedeuten konnte, da sie nicht einmal das Restgeld von ihrem Fünfzig-Euro-Schein wiederbekommen hatte. Sie war inzwischen zu einer weißen Wand gezerrt, davorgestellt und mehrmals frontal fotografiert worden. Danach brachten zwei Damen sie zurück zur Kasse, wo sie ihre Einkäufe, in Geschenkpapier verpackt, sowie den Fünfzig-Euro-Schein und einen Abzug vom gerade gemachten Foto bekam. Danach wurde meine Schwiegermutter freigelassen.

Nachdem sie auf zitternden Beinen nach Hause gekommen und uns von den erlebten Schrecken erzählt hatte, sagte sie, sie habe sich wie eine Schauspielerin gefühlt, die in einem fremden Stück die Hauptrolle spielen soll, ohne ihren Text zu kennen, ohne überhaupt zu verstehen, worum es in dem Stück ging. Ein furchtbares Gefühl des Versagens. Sie zeigte uns das Foto. Aus dem Bild schaute uns eine total verängstigte Schwiegermutter an, die mit letzter Kraft in die Kamera lächelte. Auf dem weißen Vorhang hinter ihr stand in großen Buchstaben: »Unsere Gewinner-Galerie«.

Den Rest des Abends rätselten wir, was wirklich passiert war. Wahrscheinlich hatte die Schwiegermutter das millionste Blutdruckmessgerät erwischt oder die zehnmillionste Flasche Ketchup oder eine Gewinner-Gurke. Die Wahrheit werden wir wohl nie erfahren. Vielleicht war sie die erste Kundin, die Produkte in dieser Zusammenstellung gekauft hatte. Auf jeden Fall kann jetzt jeder, der im Real einkaufen geht, meine Schwiegermutter auf der Tafel der Gewinner-Galerie sehen. Als wir ihr erklärten, was möglicherweise passiert sein könnte, fiel der Schwiegermutter ein Stein vom Herzen. Sie verspürte große Erleichterung und bedauerte gleichzeitig ein bisschen, an dem Tag zu wenig eingekauft zu haben.

MEINE SCHWIEGERMUTTER UND DIE ECKEN EINER VIERFLÄCHIGEN PYRAMIDE

Alle Kinder aus Sebastians Klasse, die ich kenne, gehen gerne in die Schule. Allein schon um ihre nervigen Eltern für eine kurze Zeit loszuwerden. In der Schule können sie sich in Ruhe über wichtige Nachrichten aus der Welt der Comicliteratur und des Fantasyfilms austauschen, aktuelle Computerspiele besprechen, Tischtennis spielen und einander auf dem Hof mit Anlauf schubsen. Die Schule ist an sich ein netter Ort, er hat nur einen Nachteil: Man muss dort ständig irgendetwas lernen, angeblich Wichtiges fürs Leben. In der Regel werden in der Schule uralte Menschenkenntnisse angeboten, Lebenserfahrungen und Wissensbestände, welche von Generationen gesammelt wurden, die schon längst tot sind.

Wie gehen die Kinder damit um? Es gibt in der Klasse meines Sohnes drei verschiedene Gruppen von Kindern: die Wissensskeptiker, die Pragmatiker und die Optimisten. Zur ersten Gruppe gehören Schüler, die an das Schulwissen nicht glauben, es aber auch niemals hinterfragen. Sie nehmen es einfach so auf, wie es erzählt wird, und kaum haben sie die Schule verlassen, ist schon wieder alles erfolgreich vergessen. Zu der zweiten Gruppe gehören Schüler, die dem Schulwissen ebenfalls misstrauen, aber akzeptieren, dass man lernen muss, um weiterzukommen. Es sind die Pragmatiker unter den Kindern. Die dritte Gruppe besteht aus Schülern, die gar nicht merken, dass in ihrer Schule überhaupt irgendein Wissen vermittelt wird. Das sind die Optimisten.

Mein Sohn gehört zweifelsohne in die Kategorie der Pragmatiker. Er lernt, wenn auch manchmal widerwillig und mit Zähneknirschen. Beim Lernen ist er nicht hochnäsig und nimmt bei der Erledigung besonders lästiger Hausaufgaben gerne auch einmal fremde Hilfe in Anspruch, obwohl diese Hilfe selten etwas Gescheites bringt. Neulich versuchte ich meinem Sohn zu helfen, das Gedicht über eine rappende Ente auswendig zu lernen, indem ich ihm dieses Gedicht immer wieder vorlas und er so tat, als würde er mir aufmerksam zuhören. Das Ergebnis war, dass ich das Entengedicht bereits nach einer Stunde auswendig kannte. Ich hatte es so was von drauf. Ich konnte es rückwärts im Schlaf aufsagen, was aber meinem Sohn wenig nutzte. Es wäre sicher eine lustige Nummer gewesen, wenn er seinen Vater in die Schule mitgeschleppt und vor der Klasse aufgestellt hätte, statt selbst über die Ente zu deklamieren. Sein Fazit war: Eltern sind heutzutage kaum hilfreich bei der Erledigung der Hausaufgaben.

In Mathe bekam Sebastian einmal den Auftrag, alle Ecken einer vierflächigen Pyramide zusammenzuzählen. Er zählte die Ecken zusammen. Es waren acht. Statt sein Ergebnis leise und unauffällig in dem Hausaufgabenheft zu notieren, beschloss Sebastian jedoch, mit diesen neugewonnenen geometrischen Kenntnissen bei seinen Familienangehörigen anzugeben. Das war ein Fehler. Zuerst fand seine Schwester Nicole vier weitere Ecken an der vierflächigen Pyramide, und seine Mutter zählte dann ebenfalls auf Anhieb zwölf. Meine Schwiegermutter setzte ihre berühmte Superbrille auf, schaute sich die vierflächige Pyramide aufmerksam an und zählte sogar sechzehn Ecken, was uns alle ziemlich irritierte. Sebastian lehnte unsere nach ihm entdeckten Ecken entschieden ab und beschuldigte seine Familie der geometrischen Verblödung.

»Eine vierflächige Pyramide hat sechzehn Ecken, das weiß ich genau, ich war schließlich auch in der Schule«, bestand die Schwiegermutter auf ihrem Wissen.

»Ja, aber wann war das! Seitdem hat sich doch schon alles auf der Welt tausend Mal geändert!«, argumentierte Sebastian. »Wann warst du denn das letzte Mal in der Schule? Vor zwanzig Jahren?«

»Vor dreißig«, flüsterte laut und indiskret Nicole.

»Vor vierzig«, meinte meine Frau ironisch dazu.

»Genaugenommen vor fünfzig!«, beendete die Schwiegermutter die Diskussion. »Und es ist wahr, vieles hat sich seit damals bei uns verändert, in der Wissenschaft und in der Natur, beim Staat und im Volk, aber doch nicht bei vierflächigen Pyramiden! Bei denen hat sich nichts geändert, sie hatten damals sechzehn Ecken, sie haben sie auch heute, sie werden sie noch in hundert Jahren haben«, meinte Schwiegermutter pathetisch.

Wir schwiegen alle, beeindruckt von der Nachhaltigkeit der vierflächigen Pyramide, die jeder Zeit zum Trotz all ihre Ecken und Kanten und Flächen behalten hat und sich auch sonst von keiner Seite anspitzen ließ.

»Wenn du so klug bist, dann kannst du mir auch bei der folgenden Aufgabe helfen«, meinte Sebastian zu seiner Oma und las ihr die nächste Mathefrage vor: »Ist jeder Körper, der acht Ecken, sechs Flächen und zwölf Kanten hat, unbedingt ein Würfel?«

Da war selbst die Schwiegermutter überfragt.

»Alles, was sich würfeln lässt, ist wahrscheinlich ein Würfel«, murmelte sie und ging auf ihr Zimmer, Fernsehen kucken.

DAS ENDE DER WELT AUS SICHT DES NORDKAUKASUS

Weisheit entsteht durch langes Leiden, sagt man, Enttäuschungen und Verluste bringen die Reife. Oft aber benehmen sich Menschen, die viel Not erlebt haben, geradezu kindisch. Diejenigen von uns, die jemals Hunger gelitten haben, bleiben ihr Leben lang sparsam und stehen jeder Art von Überfluss äußerst misstrauisch gegenüber. Meine Großmutter, die im Krieg mit ihren beiden Töchtern nach Samarkand evakuiert wurde, musste dort nach und nach alle ihre Kleider bis auf die Unterhose gegen zusätzliche Nahrungsrationen bei der Evakuierungsküche eintauschen. Natürlich nicht für sich – sie hatte Angst, ihre Töchter würden sich aus Hunger nicht richtig entwickeln. Zu der täglichen Ration in der Samarkander Evakuierungsküche gehörten ein Stück Brot und fünf getrocknete Weintrauben. Diese Weintrauben machten die Kinder verrückt. Wegen ein paar zusätzlichen Weintrauben musste meine Großmutter in Samarkand beinahe nackt herumlaufen. Zum Glück hat die Stadt ein mildes Klima, sogar im Winter scheint dort die Sonne.

Die Erfahrung des Hungerns hat aber Spuren hinterlassen. Bis ins hohe Alter hinein lagerte meine Großmutter in ihrem Kleiderschrank Lebensmittel, hauptsächlich Süßes: Schokolade, Honig, Gebäck.

Die Süßigkeiten lagen jahrzehntelang in Omas Kleiderschrank. Die Kekse verwandelten sich unterdessen in süßen Staub, die Schokolade wurde grau, der Honig hart wie Stein. Sogar wir, die rücksichtslosen Enkelkinder, die jeden Quadratmillimeter in der Wohnung auf der Suche nach abenteuerlichen oder leckeren Sachen durchkämmten, ekelten uns vor Omas Schatz. Nicht einmal im Albtraum wären wir auf die Idee gekommen, die Sachen anzufassen oder sie gar zu essen. Auch meine Oma hat sich nie bemüht, ihren gebunkerten Honig an uns zu verfüttern. Er war Teil ihres persönlichen EdeWe-Vorrats, wie wir ihre gebunkerten Süßigkeiten höhnisch bezeichneten: unantastbare Vorräte für das Ende der Welt. Sie waren nicht zum Essen bestimmt, nicht in diesem Leben. Nach ihrem Tod wurde der Schrank geleert, die Vorräte landeten auf dem Müll.

Meine Schwiegermutter hatte als Kind in Grosny ebenfalls nie zu viel zu essen. Niemand in ihrer Familie starb vor Hunger, aber Brot gab es eigentlich nur für diejenigen, die eine spezielle Brotkarte hatten – die Mitarbeiter der Kolchose. Sie bekamen 200 Gramm Brot in die Hand, alle anderen konnten sich von gekochtem Mais ernähren. So ging es während des Krieges und noch eine Weile danach, bis 1947. 1945, als der Krieg zu Ende war, freuten sich alle, außer Wassa Petrowna, der Mutter meiner Schwiegermutter. Sie weinte. Ihr Mann hatte sein Leben auf dem Schlachtfeld gelassen, und auch ihr Bruder kam nicht aus dem

Krieg zurück. Sie saß allein da mit drei Töchtern, eine kleiner als die andere. Es gab für sie wenig Grund, sich zu freuen. Und auch die Zeiten des Hungerns waren noch nicht vorbei. Ab 1947 konnte man zwar Brot frei kaufen, so viel man wollte, man hatte bloß kein Geld dafür.

Wassa Petrowna arbeitete in der Kolchose »Morgenröte des Kommunismus«, wo sie für das Gemüse zuständig war. Die Arbeit in der Kolchose war nach Sklavenprinzipien organisiert. Jeder Arbeiter musste eine bestimmte Anzahl von Tonnen Gemüse an den Staat abgeben. Je nach Sorte mussten zwischen den Beetreihen mit dem Staatsgemüse fünfzig bis achtzig Zentimeter Abstand liegen. Zwischen dem Staatsgemüse durften die Kolchosbauern etwas Gemüse für sich pflanzen. Der Anbau für den Eigenbedarf wurde kontrolliert, damit man keine zu große Ernte hatte. Nach Stalins Tod und der Änderung der Richtlinien für die Landwirtschaft durften die Kolchosarbeiter sogar eine eigene Gartenparzelle bewirtschaften, die sich aber weit weg von den Bewässerungsanlagen der Kolchose befand. Manchmal kam Hilfe vom Roten Kreuz, und zwar für die Familien, in denen der Ernährer im Krieg gefallen war. Man munkelte, diese Hilfe käme aus Amerika. Zwar wurden immer wieder Plätze im Pionierlager verteilt, doch die Mutter meiner Schwiegermutter hatte keinen einzigen freien Tag in der Woche. Sie ackerte von morgens bis abends und kam immer zu spät zu Versammlungen, auf denen irgendetwas verteilt wurde. In der Regel waren die Kriegsinvaliden die Ersten in jeder Schlange. Sie hatten viel Zeit und konnten wegen ihrer Behinderung nicht zu Feldarbeiten verdonnert werden.

Der Krieg hatte unterschiedliche Folgen für die Familien. Es gab Veteranen, die mit fünf Koffern aus dem Krieg nach Hause gekommen waren, was aus einer armen Familie prompt eine wohlhabende machte. Es gab andere, die mit leeren Händen zurückgekommen, und ganz viele, die gar nicht zurückgekommen waren. Die Nachbarn von Wassa Petrowna hungerten damals sehr. Sie arbeiteten nicht in der Kolchose, weil sie sich für die Arbeit zu schade waren, und durften deswegen auch keinen eigenen Garten besitzen. Natürlich konnte die Familie meiner Schwiegermutter das nicht mit ansehen. Gleichzeitig konnten sie nicht nachvollziehen, warum diese Menschen, die Hunger litten, nicht arbeiten gingen. Mit der Zeit kam langsam Stabilität ins Leben zurück. Einmal im Jahr kaufte Wassa Petrowna ein Ferkel, fütterte es bis November und schlachtete es dann. Das Schwein war die einzige Fleischquelle. Seine Einzelteile wurden in Salz eingelegt, und mit seinem Speck konnte man ein Jahr lang Kartoffeln braten.

Im Laufe ihres langen leidvollen Lebens kam die Mutter meiner Schwiegermutter zu der unerschütterlichen Erkenntnis, dass Hunger unvermeidlich war.

Es gab Phasen des satten und des hungrigen Lebens, die sich abwechselten, das war der natürliche Zustand der Welt. Man musste deswegen stets gegen das Schlimmste gewappnet sein – ohne Mühe war die Not nicht zu besiegen. Deswegen verstand Wassa Petrowna den Überfluss, der mit der kapitalistischen Neuzeit hereinbrach, als apokalyptisches Zeichen. Ihre Lebenserfahrung sagte ihr, dass mit dem Überfluss auf Dauer etwas nicht stimmte. Sie hatte ein eigenes, sehr klares Bild vom Ende der Welt. Wenn es irgendwann einmal zu viel von allen Dingen gibt, prophezeite die Großmutter meiner Frau, wenn die Menschen nur noch Autos und anderen Maschinen hinterherlaufen und Wasser und Brot nichts mehr wert sind, dann kommt ein großer Hunger und rafft die Menschheit dahin.

Wassa Petrowna ging davon aus, dass das Ende der Welt im Jahr 2000 kommen würde. Sie starb 1999 und musste ihren Glauben nicht revidieren. Ihre Töchter und deren Töchter haben diese Überzeugung zum Teil übernommen. Wenn meine Schwiegermutter uns besucht, ist der Kühlschrank schon nach wenigen Tagen nur noch mit Mühe zu schließen. Jeder Krümel wird behalten, nichts wird weggeschmissen. Meine Schwiegermutter sagt, es könne nicht auf Dauer alles so schön sein und bleiben. Jedes Jahr noch mehr Käsesorten, noch größere Kartoffeln – man müsse auf der Hut sein. Es werde bestimmt irgendetwas passieren.

Diese misstrauische Haltung dem Überfluss gegenüber haftet sogar der jüngsten Generation der Familie im Kaukasus an. So hortet zum Beispiel die dreißigjährige Tatjana, die jüngere Tochter des Bruders meiner Schwiegermutter, ihre Vorräte unter dem Bett: Getreide, Buchweizen, Reis – alles für den Fall der Fälle und zwar in einer Menge, die einer fünfzehnköpfigen Familie mindestens sechs Monate das Überleben garantieren würde. Die unverheiratete Schwester von Tatjana interessiert sich dagegen überhaupt nicht für das Ende der Welt. Sie gibt ihr Geld lustig für Strümpfe und Stiefel aus. Tatjana brät ihr Vorratsgetreide einmal im Monat durch, damit sich keine Maden darin einnisten. Trotzdem hält sich das Getreide nicht lange unterm Bett. Vor allem der Buchweizen, den die Familie besonders gerne mag, verdirbt schnell. Nach Meinung des russischen Fernsehens ist das nächste Ende der Welt vorläufig für das Jahr 2012 vorhergesagt worden. Auch Nostradamus und Hollywood teilen diese Meinung. Bis dahin wird der Buchweizen sich nicht halten. »Vergesst nicht, euch fürs Ende der Welt dreißig Kilo frischen Buchweizen zu besorgen. Hahaha!«, lachen wir über die Zukunftssorgen der Familie. Aber wir tun es nicht zu laut, denn auch unsere Rettung wird in dem Vorratslager unter Tatjanas Bett berücksichtigt.

OH, WIE GEFÄHRLICH IST DER KAUKASUS

Die Filmproduktionsfirma *Tag und Nacht* aus Köln habe ich zufällig kennengelernt. Im Auftrag von *arte* hatte sie vor, eine Dokumentation über rumänische Musiker in und um Bukarest zu drehen. Sie fragten, ob ich bereit wäre, bei diesem Dokumentarfilm zu moderieren. Ich dachte, warum nicht? Ich war noch nie in Rumänien, hatte keine Ahnung von der dortigen Musikszene, alles passte gut zusammen.

Nach sechs Drehtagen kehrte ich aus Bukarest fast unversehrt nach Berlin zurück, lediglich mit einer leichten Magenvergiftung, die entweder durch die Verkostung der gekochten Hühner der ältesten Volkssängerin des Landes entstanden war oder während der spannenden Reise durch die unterhaltsame Welt der rumänischen Weißweine in großen Plastikflaschen, die wir gemeinsam mit einem Musiker unternahmen, der sich Zigeuner-Elvis nannte und auch so aussah. Außer diesem rumänischen Doppelgänger von Elvis Presley gab es noch eine Band im einstigen Lieblingsrestaurant von Nicolae Ceauşescu, eine kommunistische Blaskapelle, die Rapper von Bukarest. Wir haben viel zusammen gesungen. Auf jeden Fall redete ich in den letzten zwei Tagen dort mit sehr tiefer Stimme, verhaspelte mich permanent und bekam beim Moderieren

Schluckauf. Der Film kam bei *arte* trotz Schluckauf gut an, und der Sender bestellte sofort einen weiteren – nicht unbedingt über Rumänien, aber zu einem ähnlich lustigen Thema unserer Wahl.

So kam ich meinem Traum endlich nahe, einen Film über meine Schwiegermutter zu drehen. Es gibt kaum ein spannenderes Thema, mit dem man sich obendrein so gut auskennt, wie die eigene Verwandtschaft. Mir ging es speziell um die gesamte Verwandtschaft meiner Frau im kaukasischen Örtchen Borodinowka, genauer gesagt in der Steppenstraße, einer ganzen Straße voll von Flüchtlingen aus Grosny. Die Augen der Öffentlichkeit waren während des tschetschenischen Aufstands nur auf die Rebellen, auf die Tschetschenen und die russische Armee gerichtet. Niemand hatte zur Kenntnis genommen, dass damals eine halbe Million Russen aus ihren Häusern vertrieben worden waren. Darunter auch die Familie meiner Schwiegermutter.

In ihrem früheren Leben war meine Schwiegermutter Geologin gewesen und ihr Bruder ein Bauingenieur. Auch alle ihre Nachbarn, ebenfalls Flüchtlinge aus Grosny, von den einheimischen Russen »Tschetschenen« genannt, mussten das Leben auf der ehemaligen Rinderfarm im Kaukasus neu beginnen und neue Berufe erlernen. Der Nachbar zur Linken, Juri Wladimirowitsch, von solider Statur und mit einem langen gepflegten Schnurrbart, war in Tschetschenien Direktor einer Musikschule gewesen und hatte Bajanspielen unterrichtet. Sein Vater hatte im Orchester der Roten Armee Trompete gespielt, sein Großvater war Trompeter in der Armee des Zaren gewesen. Juri Wladimirowitsch gehörte einer Musikerdynastie an. Als er gerade sechs Jahre alt war, brachte ihn sein Vater in eine Musikschule, zeigte auf die vielen Bilder von Musikinstrumenten, die dort an den Wänden hingen, und befahl seinem Sohn, eines auszuwählen. Juri Wladimirowitsch wählte damals die Geige, weil sie ihm das kleinste und niedlichste Instrument zu sein schien. Später stieg er auf das Bajan um, ein chromatisches Akkordeon. Noch später ließ er sich einen Schnurrbart wachsen, wurde Direktor einer Musikschule und achtete bei den Prüfungen darauf, dass die tschetschenische Jugend ihr Bajan oder Akkordeon richtig herum umschnallte und nicht mit den Bässen nach unten.

Doch die Musikschule bestimmte sein Leben nur äußerlich, in Wahrheit ließ die Musik Juri Wladimirowitsch kalt. Seine wirkliche Leidenschaft galt den Bienen. Er besaß schon immer ein paar Bienenstöcke, so wie andere Jungs sich Tauben hielten. Auf dem neuen Territorium in der Steppe, wo es keine Musikschulen gab, wurde er endlich hauptberuflicher Imker. Sein Traum, statt Musik Honig zu machen, wurde aus der Not Wirklichkeit. Monatelang zieht er heute mit seinen Bienen von einem Feld zum nächsten, durch die Berge und Steppen des Kaukasus, die mit blütenreichen Bäumen, Sträuchern und Gräsern übersät sind.

Nur er weiß, wo wann was wächst, und er geht immer da hin, wo die Bienen glücklich sind.

Der Nachbar zur Rechten, Gleb Michailowitsch, war in seinem früheren Leben Baustellenleiter. Mit dem Alter zog es ihn zur Kunst. Er entdeckte plötzlich sein Talent für die Malerei und verkaufte selbst gemalte Bilder auf dem Markt. Am besten gehen Naturansichten: Berge, Landstraßen, Bushaltestellen. Die Menschen in der Region kaufen am liebsten Landschaften, die sie gut kennen, denen sie jeden Tag begegnen, die ihnen stets vor Augen sind. Oft kopiert das Bild ziemlich genau den Blick aus ihrem eigenen Fenster. Sie kaufen sich Kopien von Bergen, Landstraßen und Bushaltestellen, die sie im Original haben, hängen sie an die Wand, und wenn sie Besuch bekommen, zeigt der Gast mit dem Finger auf das Bild und sagt: »Ach! Das ist doch?« Und der Gastgeber nickt.

Gleb Michailowitsch lacht über die Verrücktheit seiner Mitmenschen. Es macht ihm nichts aus, Landschaften zu malen, er kann das gut. Aber sein künstlerisches Ego befriedigen solche Bilder nicht. Viel lieber würde Gleb Michailowitsch seine eigentlichen Herzensbilder unter die Massen bringen. Sein Steckenpferd ist die religiöse Malerei nach biblischen Motiven im Geiste der alten russischen Akademie. Seit Jahren arbeitet er an einem Bild, das ein urmenschliches Flüchtlingsdrama thematisiert: »Adam und Eva mit Kindern halbnackt unter dem Baum nach ihrer Vertreibung aus dem Paradies«. Er hat es dem breiten Publikum bis jetzt noch nicht gezeigt.

Die Idee für den Film mit dem Arbeitstitel »Meine kaukasische Schwiegermutter« wurde vom Sender und der Produktionsfirma *Tag und Nacht* gut aufgenommen. Anfang August, zeitgleich mit den Olympischen Spielen in Peking, sollten die Dreharbeiten beginnen. Im Kaukasus ließ mein Plan, einen Film über das dortige Leben zu drehen, niemanden kalt. Der Bruder meiner Schwiegermutter rieb sich die Hände und bat mich, einen Brief an die Administration des Bezirks zu verfassen, mit der Aufforderung, die Berge von Müll aus der Sackgasse hinter der Kantine zu beseitigen sowie das bei einem Unwetter umgefallene Ortsschild des Nachbarstädtchens wieder aufzurichten, die Haltestelle für die Sammeltaxis auszuschildern und endlich die Ausfahrt zu asphaltieren, um dieses gute Stück Kaukasus vor den Augen der Weltöffentlichkeit nicht zu blamieren. Natürlich musste der Brief auf einem offiziellen Formular mit deutschem Stempel und aktuellem Datum verfasst werden, damit die Administration ihn ernst nahm.

Der Onkel versprach sich viel von dem Film. Alle anderen erwarteten die Dreharbeiten ebenfalls als große Attraktion. Die Russen vergöttern das Fernsehen sowieso, obwohl sie wie alle anderen Völker gerne über die Deppen in der Glotze schimpfen. Aber einmal im Fernsehen aufzutreten, ist wie im Himmel zu landen. Die Mitarbeiter der Kantine ließen sich neue Uniformen anpassen, der Maler Gleb Michailowitsch ließ sich extra zu dem Termin neue Zähne machen, und der Bienenkönig Juri Wladimirowitsch kehrte einen Monat früher als geplant von den saftigen Wiesen Inguschetiens zurück, nur um das Filmteam nicht zu verpassen. Und die beiden einzigen Kühe der Siedlung wurden gründlich gewaschen und gekämmt.

Die Deutschen bereiteten sich ebenfalls auf die Reise vor. Sie machten sich Sorgen und überschütteten mich mit Fragen. Ob die Menschen im Kaukasus freundlich seien? Ob es dort einen Geldautomaten gäbe? Ob wir eine Drehgenehmigung von der Administration bräuchten? Ob das Hotel eine Lüftungsanlage habe? Und was passiere, wenn die Kamera nicht durch den Zoll käme? Die Angst war wie ein mehrköpfiger Drache. Kaum schlug man einen Kopf ab, sofort wuchsen an seiner Stelle zwei neue. Die jahrzehntelange Verteufelung des Ostens im Westen tat ihr Übriges. Das gefährliche Wort Kaukasus, das man mit bärtigen Rebellen und unterdrückten Frauen verband, ließ das Team schon vor der Abreise zittern. Der Kameramann surfte im Internet und fand heraus, dass der Flughafen von Mineralnye Wody der unsicherste Flughafen Europas, die dortige Stromversorgung die unsicherste Versorgung und der gesamte Kaukasus so ziemlich der unsicherste Kaukasus sei, den es in diesem Teil des Planeten gäbe. Sie quälten mich mit ihren Ängsten und Fragen.

Aus eigener Erfahrung wusste ich, dass Frauen mit Männerängsten am besten umgehen können. Ich bat also meine Frau, die Fragen der deutschen Filmkollegen zu beantworten. Ja, schrieb meine Frau nach Köln, die Bevölkerung im Kaukasus ist total unfreundlich, sie hauen jedem, statt ihn freundlich zu begrüßen, gleich aufs Maul. Und Geldautomaten stehen zwar an jeder Ecke, zeigen aber immer nur »Fuck off« an, wenn man seine Karte reinsteckt. Die Kamera ist eigentlich schon so gut wie weg, zusammen mit dem Kameramann, und eine Drehgenehmigung kann man im Kaukasus nur mit seinem Blut bezahlen. So unterhielten wir uns und hatten dabei unseren Spaß.

Der August kam, und meine Frau und ich flogen schon einmal von Berlin über Moskau nach Mineralnye Wody voraus. Das deutsche Team sollte drei Tage später von Köln aus fliegen. Auf dem Moskauer Flughafen Scheremetjewo wartete eine Menge Passagiere auf die Maschine in Richtung Kaukasus. Wir tranken Tee mit Cognac im Flughafencafé mit dem lustigen Namen »Nach dem Regen«. Dabei regnete es draußen in Strömen, so dass dieses kleine Café jederzeit wegzuschwimmen drohte.

»Wie ist das Wetter im Kaukasus?«, fragte eine nette Frau interessiert, die neben uns am Tisch saß.

»Zwischen zwanzig und vierzig Grad, meist Sonne, manchmal Regen, wie immer um diese Jahreszeit«, antworteten wir.

»Hoffentlich wird es nicht so drückend heiß wie bei uns im letzten Monat«, seufzte die Frau. Sie kam aus New York.

Ein anderer flog aus Teheran in den Kaukasus, und eine ganze Gruppe Jugendlicher kam aus der sibirischen Nenzen-Hauptstadt Narjan-Mar.

»Ich wusste gar nicht, dass in Narjan-Mar so viele Menschen leben«, witzelte meine Frau.

Im Kaukasus angekommen wurden wir feierlich empfangen. Wir probierten die Weine, verteilten die Geschenke, besichtigten die Kantine und begrüßten die gestriegelten Kühe. Unser Film war startklar. Im Fernsehen liefen auf allen Kanälen die Olympischen Spiele und die humanitäre Katastrophe in Südossetien. Einen Tag nach der Eröffnung der Olympiade bombardierte Georgien Südossetien, die Osseten schlugen zurück, die russischen Friedenstruppen begannen ihre Operation »Erzwingung des Friedens«, und im Fernsehen sah man zerschossene Häuser und Zivilisten auf der Flucht.

»Ist alles in Ordnung bei euch? Hier sieht man aus dem Kaukasus nur Schlimmes«, fragte mich der Leiter des deutschen Teams per SMS.

»Alles ruhig«, antwortete ich. »Der Konflikt ist doch fünfhundert Kilometer weit weg auf der anderen Seite der Berge. Es gibt hier gar keine Wege, die dorthin führen. Also absolut keine Gefahr«, versuchte ich die deutschen Kollegen zu beruhigen.

Es war vergeblich, sie kamen nicht. Uns blieb nichts anderes übrig, als der Steppenstraße die traurige Nachricht zu übermitteln, dass es den Film nicht geben werde, wegen des Krieges im Kaukasus.

»Hinter jeder schlechten Nachricht versteckt sich eine gute«, sagte der Onkel, ein unbeugsamer Optimist. »Der Müll würde noch immer in der Sackgasse liegen, das Ortsschild schräg stehen, Gleb Michailowitsch ohne Zähne und die Kühe ungestriegelt herumlaufen, wenn es diese Filmidee gar nicht gegeben hätte. Mit der bloßen Ankündigung der Dreharbeiten sind wir zwar nicht im Fernsehen gelandet, aber uns ist damit bereits vieles gelungen. Vor allem ist unser Leben besser und irgendwie lustiger geworden.«

Wir tranken, sangen, tanzten und feierten mit der Straße, so wie wir es in dem Film gemacht hätten. Nur ohne Kamera. Nach drei Tagen war der Konflikt in Südossetien zu Ende. Die Russen hatten die Georgier aus Ossetien weggebombt. Die offizielle Version des Kreml lautete, der georgische Präsident hätte den Konflikt auf Bitten des amerikanischen Präsidentschaftskandidaten McCain angezettelt, um die Russen zu provozieren. McCain war als Flieger in Vietnam von einer russischen Rakete abgeschossen worden, das war aber schon zu lange her. Er brauchte neue russische

Raketen, um den Wählern seine damalige Heldentat ins Gedächtnis zurückzubomben, und hatte deswegen Georgien mit falschen Versprechungen zu falschen Handlungen ermuntert.

Der Chef der Kölner Produktionsfirma *Tag und Nacht* rief uns im Kaukasus an. Der Sender machte ihm Druck, sie fragten, wann nun der Film käme. Aber wir hatten keine Zeit mehr, denn der Kaukasus ist mit seiner übertriebenen Gastfreundschaft, dem Wein, der Musik und dem Gesang auf Dauer wirklich gefährlich.

OH, WIE GEFÄHRLICH IST DER KAUKASUS. TEIL II

Der Krieg zwischen Georgien und Südossetien hat in Russland für einen ungeheueren Patriotismusschub gesorgt. Zum ersten Mal seit 1945 waren wir wieder wer – ein großes Land freute sich wie ein Kind über den Sieg gegen seinen klitzekleinen Nachbarn. Die Freude war so ungehalten, als hätte man Amerika persönlich geschlachtet. Südossetien und Abchasien wurden von Russland sofort als unabhängige Länder anerkannt, und die russische Armee begann dauerhafte Manöver in der Region, mit dem Ziel, den Frieden zu sichern und der Welt ihre Stärke zu demonstrieren.

Nach unserem gescheiterten Filmversuch hatte ich nicht vor, dieses unglücklich verlaufene Projekt jemals zu wiederholen. Doch die deutsche Öffentlichkeit ließ sich nicht ablenken. Auf einer Lesung in Oberhausen besuchte mich der Chef der *Tag und Nacht GmbH.*

»Wann drehen wir den Film, Herr Kaminer?«, fragte er.

Der Sender machte Druck, das Geld für den Film war bereits zum Teil ausgegeben worden, es führte kein Weg zurück. Wir verabredeten uns für den August 2009 zum Schwiegermutter-Film im Nordkaukasus. Die Zeit verstrich schnell. Je näher der Sommer kam, desto nachdenklicher wurde ich. Es kamen schlechte Nachrichten aus dem Kaukasus. Hoffentlich bereiten sie für den August nicht schon wieder einen Krieg vor, dachte ich. Im Juli beschuldigten die georgische und die südossetische Seite sich gegenseitig, wieder mit dem Beschuss angefangen zu haben. Der Frieden hing an einem seidenen Faden, doch die russische Führung dachte bereits über die Winterolympiade in Sotschi nach, die ohne eine Stabilisierung in der Region nicht durchzuführen war. Kurzum: Der seidene Friedensfaden hielt.

Auch meine Schwiegermutter und ihre ganze Familie signalisierten uns, sie wären für den Film bereit. Und die Firma *Tag und Nacht* ging diesmal auf Nummer sicher. Sie hatte ein Team zusammengestellt, das aus erfahrenen, kriegserprobten Genossen bestand, die schon an mehreren Brennpunkten der Erde gedreht hatten und sich in Krisenländern wie zu Hause fühlten. Furchtlos gingen diese Menschen im Dienste der Kinematografie durch Feuer, Wasser und Korruption. Sie hatten bereits mehrmals dem Tod und anderen unangenehmen Erscheinungen ins Auge gesehen und keine Angst vor dem Nordkaukasus. Für den Regieposten war der junge Schweizer Luis engagiert worden, der schon einmal in Moskau einen Film über heroinabhängige Jugendliche gedreht und in Bolivien eine Gruppe auf Schatzsuche begleitet hatte und für einen Film über die Härte von Schwulenpornoproduktionen in der Dritten Welt ausgezeichnet worden war. Als Kameramann war derselbe Luis engagiert worden, weil es besser war, wenn bei solchen Projekten Kamera und Regie in einer Hand lagen. Er sollte den Film nach dem Dreh auch selbst schneiden. Das schien nur logisch, zumal er ihn ja schon selbst gedreht hatte.

Für die kaukasische Tonspur bekam Luis Tamara zur Unterstützung, ein Mädchen mit fröhlichem Charakter und serbischen Wurzeln. Auch Tamara war eine kampferprobte Dokumentarfilmerin. Sie hatte in Brandenburg einen Film über Jungnazis gedreht, war auf der Suche nach den Spuren eines Kriegsverbrechers gewesen und hatte ein albanisches Mädchen gefilmt, das mit siebzehn Jahren schon drei Mal verheiratet gewesen war. Ich bat die GmbH, auch meinen Freund Vitali in das Team aufzunehmen als Aufnahmeleiter, Dolmetscher und Problemlöser. Damit waren wir bestens für das Abenteuer Kaukasus gerüstet.

Natürlich machte sich die Firma trotzdem Sorgen. Schon Wochen im Voraus wollte sie den genauen Namen und die Adresse des Hotels in Schelesnowodsk wissen, das meine Schwiegermutter für das Team gebucht hatte. Die Firma traute niemandem und wollte wahrscheinlich nachprüfen, ob dort tatsächlich wie versprochen drei Zimmer der Halbluxe-Kategorie auf das Team warteten. Ich wusste den Namen des Hotels nicht und rief im Kaukasus an.

»Was für ein Name?«, wunderte sich meine Schwiegermutter. Sie kenne nur den Weg dorthin und könne ihn gut beschreiben, aber den Namen des Hotels habe sie nicht behalten.

»Sie können aber unmöglich im falschen Hotel landen«, beruhigte sie mich am Telefon. »Es gibt in Schelesnowodsk nur ein Hotel.«

Während sie mir das erzählte, kuckte ich im Internet auf der schön aufgemachten Seite »Schicke Hotels in Schelesnowodsk« nach. Es gab tatsächlich nur eines: Es hieß »Perle des Kaukasus« und befand sich auf der zentralen Leninstraße. Im Internet sah das Hotel zwar nicht superschick, aber auch nicht besonders schäbig aus. »Fast alle Zimmer haben Balkon mit Blick auf die Bushaltestelle«, las ich in der liebevollen Beschreibung des Standortes. Dieser selbstsichere Internetauftritt mit dem naiven Eingeständnis, das einzig Sehenswerte auf der Leninstraße sei die Bushaltestelle vor dem Hotel, wirkte im Vergleich mit der ermüdend pragmatischen Werbung des Westens überzeugend und frisch. Allerdings hatte das Hotel »Perle des Kaukasus« die Werbung gar nicht nötig. Es war, wie gesagt, das einzige Hotel in der Stadt, abgesehen von einer Pension namens »Kaukasus«. Weil die Pension »Kaukasus« aber dieselbe Adresse wie die »Perle des Kaukasus« hatte, konnte in diesem Fall von einer ernstzunehmenden Konkurrenz keine Rede sein. Wahrscheinlich bot die Pension nur einen anderen Blick aus dem Fenster.

Alles lief gut. Trotzdem glaubte ich bis zum letzten

Tag nicht, dass tatsächlich etwas aus dem Film werden würde. Erst im Flugzeug, als Luis seine Handkamera herausholte und schon einmal übungshalber die Beine der Stewardess filmte, wurde mir bewusst, dass dieses kinematografische Experiment, der Film über meine kaukasische Schwiegermutter, kein Traum mehr war. Mehr noch: Die Dreharbeiten erwiesen sich als äußerst erholsam und machten uns alle froh. Der sonnige Kaukasus hatte anscheinend nur auf uns gewartet, um sich von seinen besten Seiten zu zeigen. Tagsüber drehten wir die Kaukasier bei der Arbeit, abends beim Feiern, und jeder Tag brachte uns neue Freunde, die uns einluden. Die Georgier Aiwas und Tawas gedachten gerade im Restaurant »Perle des Kaukasus« ihres vierzig Tage zuvor verstorbenen Großvaters, als das deutsche Fernsehteam dort aufkreuzte. Wir wurden sofort Freunde fürs Leben. Der Armenier Oganes, Direktor des wunderbaren Restaurants »Waldhäuschen«, verliebte sich in Tamara und wollte sie unbedingt gegen eines seiner Mädchen tauschen. Am Ende bot er uns sogar drei seiner Kellnerinnen zusammen für Tamara an. Der Dagestaner mit dem seltenen Namen Tarzan, den wir am Strand in Schelesnowodsk kennengelernt hatten, machte uns klar, dass unser Film über den Kaukasus niemals vollständig wäre, wenn wir nicht auch bei ihm zu Hause drehen würden.

»Ihr geht einfach den höchsten Berg hier am See hoch«, erklärte er uns, »dann den dritten Waldweg rechts und so lange geradeaus, bis es nicht mehr weitergeht. Dann durch die Büsche und dort…«

An dieser Stelle schloss Tarzan pathetisch die Augen und hielt seine rechte Hand vor den Mund wie Angelina Jolie, wenn sie Erschrecken mimt. Tarzan deutete damit jedoch ein Gefühl unaussprechlichen Glücks an, das ihm sein Zuhause schenkt:

»Und dort…«, fuhr er fort: »Der beste Wein, das beste Fleisch, die schönsten Frauen.«

Das alles sollten die Alltäglichkeiten sein, mit denen sich Tarzan umgab, aber das wunderte uns nicht. Wir wussten bereits: Die meisten Kaukasier wohnten im Paradies. Leider fanden wir nicht die Zeit, zu ihm hochzuklettern und seine Angaben auf ihren Wahrheitsgehalt zu prüfen. Auch ohne Tarzan hatten wir genug zu tun. Der Kaukasus bietet Stoff für tausend Filme, und wir drehten unermüdlich weiter. Unser Regie- und Kameramann Luis entwickelte einen unglaublichen Arbeitsstil: Er schaffte es, gleichzeitig die Kamera, das Licht und ein volles Schnapsglas zu halten. Luis gab nirgends auf. Er konnte wie ein echter Kaukasier bis zu acht Cognacs hintereinander kippen, ohne mit der Kamera zu wackeln, antwortete auf jede Frage und jede Einladung beinahe akzentfrei »Spassiba« und verdiente sich dadurch bei allen unseren Filmhelden großen Respekt.

Es war heiß in den nordkaukasischen Städten und in der Steppe. Die Frauen punkteten in *Versace*-Miniröcken, viele Georgier trugen T-Shirts mit der Aufschrift »Ich pfeife auf die Krise«, und alle freuten sich auf unsere Kamera. Nur manchmal, wenn sie unser lautes Deutsch hörten, wollten sie provozieren.

»Ich bin Jude, liebe deutsche Zuschauer!«, rief ein froh gesinnter Betrunkener, stellte sich immer wieder vor die Kamera und winkte heftig, als wir neben einem berühmten Weinladen drehten. Mit dieser Aussage dachte er wahrscheinlich, er würde die deutschen Zuschauer ärgern. Auch der Armenier aus dem »Waldhäuschen« begann das Gespräch mit dem Satz:

»Ich weiß, ihr Deutschen mögt die Juden nicht. Sie stammen aber von uns Armeniern ab, nachdem die Arche Noah am Berg Ararat anlegte.«

Luis und Tamara rollten nur mit den Augen. Es war ermüdend, jedem zu erklären, dass nicht alle Deutschen Antisemiten waren. Aber die Kaukasier waren, selbst wenn sie provozierten, immer freundlich und zuvorkommend. Sie wollten uns ihr Haus und ihren Garten zeigen und mit uns fünfzig Gramm trinken. Nur wenn sie handelten, etwas Verbotenes kauften oder, noch schlimmer, verkauften, benahmen sie sich der Kamera gegenüber misstrauisch. Als wir auf dem Großhandelsmarkt einen *Armani*-Anzug made in Kaukasus filmen wollten, kam sofort ein Wachmann, der wie ein Soldat angezogen war, auf uns zu. Während einer Filmaufnahme an der Post, wo in einer Volksapotheke nebenbei geheimnisvolle Glückswurzeln angeboten wurden, tauchten sogar kaukasische KGB-Männer in dunklen Anzügen und rosa Krawatten auf. Luis gab sich ruhig und tapfer. Er verteidigte mit der einen Hand die Kamera, steckte mir unauffällig mit der anderen Hand die abgespeicherten Aufnahmen in die Tasche, und mit der dritten Hand erklärte er dem KGB, dass er rein gar nichts verstehe.

Auf dem Schwarzmarkt für Lebensmittel wollten die Straßenverkäufer verständlicherweise nicht vor der Kamera posieren. Beinahe hätten sie uns die Kamera aus der Hand geschlagen. Zum Glück stellte sich dann heraus, dass der Direktor dieses Marktes seine Armeezeit in Brandenburg verbracht hatte und Deutschland seitdem besonders schätzte. Wer sich nicht filmen lässt, braucht sich auf meinem Markt nicht mehr blicken zu lassen, lautete seine Botschaft an die Verkäufer. Daraufhin wurde es auch hier ein ruhiger, stressfreier Drehtag.

Am herzlichsten sind die Kaukasier jedoch, wenn sie feiern. Deswegen sind uns die Aufnahmen in Restaurants am besten gelungen. Wir könnten einen ganzen Film nur aus singenden, tanzenden und Toasts ausbringenden Menschen zurechtschneiden. Es wäre genau das Richtige fürs Abendprogramm: stundenlang singende Kaukasier mit Gläsern in der Hand. Die Schlüsselszene drehten wir mit der ganzen Familie im Restaurant »Altes Baku«. Es war ein langer Abend, der in eine kurzweilige Nacht überging. Die Kamera wurde beiseitegelegt, es wurde dunkel. Die Menschen am Tisch wurden immer schwerer, die Rechnung immer fünfstelliger. Darüber machten wir uns aber keine Sorgen. Am Tag zuvor hatte uns der ehemalige Soldat aus Brandenburg eine fiktive Quittung über die Gebühr für fünf Drehtage auf seinem Markt unterschrieben und ausgehändigt.

»Du musst ein Schlusswort sagen, eine Quintessenz unseres Films«, meinte Luis.

Ich hob ein leeres Glas:

»Auf die Familie«, sagte ich, »und darauf, dass es sich manchmal lohnt, wenn mehrere Generationen zusammenleben und einander gelegentlich in die Augen schauen. So können sie sich das Leben gegenseitig erleichtern und weiterkommen, den Berg hoch, dann dritter Waldweg rechts und so lange geradeaus, bis es nicht mehr weitergeht. Dann durch die Büsche, und dort…«

Nach zehn Tagen anstrengender Filmaufnahmen hörten wir auf zu drehen und machten nur noch Urlaub. Nichts erinnerte mehr an die Arbeit, nur der Puschel lag noch im Garten. Der Puschel, der sogenannte Windschutz für das große Mikrofon, hatte sich gleich zu Beginn der Dreharbeiten unabhängig gemacht und war mit einer Gruppe halbwilder Katzen in die Steppe abgehauen. Dort war er zwei Tage herumgerannt. Später wurde er an unterschiedlichen Orten gesehen – im Swimmingpool, auf den Tomatenbeeten und einmal sogar auf dem Dach des Hauses. Der Tonfrau Tamara kam der Puschel nicht mehr in die Hände. Nun lag er nach einer wilden Woche in der Prärie völlig außer Atem im Garten, und ein zahmer kaukasischer Wind streichelte ihm zärtlich übers Fell.

MEINE SCHWIEGERMUTTER UND TARZAN

Meine Schwiegermutter ist eine leidenschaftliche Cineastin. Sie mag gut gemachtes Kino, ob Actionfilme oder Liebeskomödien – auf das Genre kommt es ihr nicht an. In erster Linie schätzt sie die schauspielerische Leistung, die Glaubwürdigkeit und die Dramatik einer Geschichte. Jedes Mal, wenn wir bei ihr im Nordkaukasus anrufen, höre ich Schreie oder Schmatzer im Hintergrund. Meine Schwiegermutter sagt stets zur Begrüßung: »Warte einen Moment, ich schalte die Kiste aus.« Auch wenn sie uns in Berlin besucht, verbringt sie mehrere Stunden täglich vor dem Bildschirm. Allerdings ist sie auf Filme in russischer Sprache angewiesen. Bei uns in Berlin ist sie Ehrenmitglied der russischen Videothek im Lebensmittelladen Kasatschok. Leider ist diese Videothek nicht groß genug. Meine Schwiegermutter hat dort bereits vor Jahren alle Regale durchgearbeitet. Es werden zu wenig gute Filme und Serien in Russland gedreht, und noch weniger werden ins Russische übersetzt. Die Besitzerin des Ladens ruft meine Schwiegermutter jedes Mal an, wenn sie etwas Neues, Spannung Versprechendes aus Russland bekommt. Aber meine Schwiegermutter ist bei der Auswahl der Filme zimperlich. Sie schaut sich nicht jede Serie an, nur weil in ihr Russisch gesprochen wird.

Ihr erster Film war einer über Tarzan, ein amerikanischer Mehrteiler, der als Kriegstrophäe nach Russland gekommen war. Die Amerikaner, die im Zweiten Weltkrieg unsere Verbündeten waren, hatten bei den Schlachten nicht von Anfang an mitgemacht, sondern so lange es ging mit der Eröffnung einer zweiten Front gewartet. Ihre Soldaten griffen erst dann in die Kämpfe gegen die deutsche Wehrmacht ein, als die sowjetische Armee schon halb Europa befreit hatte. Dafür unterstützten die Amerikaner die Russen mit Konserven, LKWs und Filmen. So kam, glaube ich, der Tarzan-Mehrteiler nach Russland. Es könnte natürlich auch sein, dass die sowjetische Armee die Tarzanfilme tatsächlich bei einer schweren Schlacht von den Deutschen als Kriegsbeute erkämpft hat. Vielleicht hatte die Wehrmacht vor, ihre Soldaten mit diesem Film auf den baldigen Angriff der Amerikaner vorzubereiten. Aber die Russen waren noch vor den Amerikanern da, die Deutschen flohen, und Tarzan landete in Russland. Die Wahrheit wird man wohl nie erfahren. Auf jeden Fall stand im Vorspann jeder Folge der Tarzan-Serie: »Dieser Film wurde als Trophäe im Zweiten Weltkrieg durch den beispiellosen Einsatz unserer herausragenden Armee erobert.«

Als diese vermeintliche Kriegsbeute die Heimatstadt meiner Schwiegermutter erreichte, fehlten bereits zwei von sechs Folgen. Der Film wurde vier Abende lang, Folge auf Folge, im »Klub des proletarischen Bataillons«, dem damals einzigen Filmtheater von Grosny, gezeigt. Der Klub befand sich auf der sogenannten 36. Ölbohrparzelle, sechs Kilometer vom Haus meiner Schwiegermutter entfernt. Jeden Abend ging sie mit ihren Freundinnen zu Fuß dorthin. Ganz Grosny konnte bereits nach Ausstrahlung der ersten Folge den Tarzan-Schrei imitieren. Hinter jeder Ecke, aus jedem Busch hörte man sein »Yahoo« – mit kaukasischem Akzent, was diesen Schrei noch gefährlicher machte.

Im Film geht ein Flugzeug im Dschungel verloren, alle Insassen sterben, nur ein kleiner Junge überlebt den Absturz. Er wird von Affen mehr schlecht als recht aufgezogen und verliebt sich viele Jahre später in Jane, die Tochter eines Professors, der eine archäologische Expedition im Dschungel leitet. Weil Tarzan ziemlich exotisch erzogen wurde und weil die zwei mittleren Folgen fehlten, bekam die Geschichte von Tarzans Liebe wahrhaft komische Züge. Durch die Besonderheiten seiner Erziehung war Tarzan als verliebter Junge nicht besonders gesprächig. Stattdessen schlug er sich mit der Faust auf die Brust, schrie laut herum und sprang von Baum zu Baum. In der gekürzten Variante, ohne dritte und vierte Folge, ging Tarzan bei Jane gleich zur Sache und grabschte sie bei jeder Gelegenheit an. Die Professorentochter, ein hübsches Mädchen, hatte anscheinend eine Schwäche für solche Typen. Statt dem wilden Idioten eine runterzuhauen, schien sie an seinem animalischen Charme Gefallen zu finden. Dabei wirkte sie jedoch, wie mir meine Schwiegermutter berichtete, ziemlich unglaubwürdig.

Die Ausstrahlung der gekürzten Tarzan-Version in Grosny im Jahr 1949 hatte eine haarsträubende Wirkung auf die Entwicklung der zwischenmenschlichen Beziehungen im gesamten Nordkaukasus. Es fand eine regelrechte Tarzanisierung der Bevölkerung statt. Die Kavaliere waren dort schon vor der Ausstrahlung deutlich aufgedrehter und temperamentvoller als in den übrigen Teilen Russlands gewesen. Nach der Ausstrahlung des Films stieg das Selbstbewusstsein der kaukasischen Männer höher als der Elbrus. Überall wurden Tarzankas aufgebaut, selbst gemachte Lianen aus Seilen, an denen man sich durch die Luft über die Straßen schwingen und dabei im Flug vielleicht ein Mädchen von der Straße abgreifen konnte. Es war eine anstrengende Übung, die ohne spezielles körperliches Training nicht jedem gelang. Die meisten fielen runter.

Später, in den Fünfzigerjahren, wurde ein neuer Filmklub genau gegenüber dem Haus meiner Schwiegermutter eröffnet. Eine Eintrittskarte für die erste Reihe kostete nur zehn Kopeken. Die Mädchen kauften sich beinahe jeden Tag eine Karte. Natürlich blieb niemand in der ersten Reihe sitzen. Kaum ging das Licht aus, kletterte die gesamte erste Reihe nach hinten auf die besseren Plätze. Am Montag jeder Woche lief ein neuer Film an, der sechs, manchmal auch sieben Mal gezeigt und ebenso viele Male angeschaut wurde. Die sowjetische Filmindustrie konnte den Filmhunger der Bevölkerung nicht aus eigener Kraft befriedigen. Neben den Kriegstrophäen kamen auch noch indische Filme nach Grosny sowie polnische, jugoslawische und sogar chinesische. Der Lieblingsfilm meiner Schwiegermutter war ein amerikanischer, »Der Reiter ohne Kopf«. Sie hat ihn elf Mal gesehen.

Später, als Geologin auf der Insel Sachalin, ging sie zu jeder Filmpremiere ins dortige Kino »Der Ölarbeiter«. In diesem Kino wurde jedes Jahr eine Lotterie veranstaltet, bei der kurze Filmausschnitte gezeigt wurden, und der Zuschauer musste den Namen des Schauspielers, des Drehbuchautors oder das Produktionsjahr des Films erraten. Meine Schwiegermutter hat keine einzige dieser Lotterien verpasst und drei Jahre hintereinander den ersten Preis bekommen. Die feierliche Preisverleihung fand vor Beginn des Films auf der Bühne des Filmtheaters statt. Meine Schwiegermutter hat dabei einmal eine Enzyklopädie »Die berühmtesten Schauspieler der Sowjetunion« bekommen, ein anderes Mal den Roman eines lettischen Autors, »Der Sohn des Fischers«, sowie ein Jahresabonnement für die Zeitschrift »Die Sowjetunion auf dem Bildschirm«. Am besten gefiel ihr die Zeitschrift. Sie abonnierte dieses Filmmagazin später sogar jahrzehntelang freiwillig – bis der Sozialismus kippte und die Sowjetunion endgültig aus der Realität und von allen Bildschirmen des Landes verschwand. In der neuen kapitalistischen

Zeit hat meine Schwiegermutter ihre Filmleidenschaft jedoch nicht vernachlässigt, im Gegenteil. Sie kaufte sich einen Videorecorder und fing an, ihre Lieblingsfilme zu sammeln.

Auch heute findet ihr Leben und Tun zwischen Garten und Fernsehbildschirm statt. Vor allem mag sie ältere Filme. Niemanden hat sie so bewundert wie die alten sowjetischen Schauspieler, die Helden ihrer Jugend, denen es auf der Leinwand gegeben war, was vielen im wirklichen Leben misslang: ein leichtes, beinahe leichtsinniges Dasein in diesem schwierigen Land zu führen und aus jeder Situation einen Ausweg zu finden, in jeder Sackgasse eine Lösung. Meine Schwiegermutter liebte diese Schauspieler aufrichtig und schätzte sie auf fast irrationale Weise. Aber nicht einmal im Traum stellte sie sich vor, selbst einmal auf eine Leinwand zu geraten, in einem Film mitzuspielen. Als wir allerdings mit einem deutschen Fernsehteam in der nordkaukasischen Steppenstraße auftauchten, wurde sie zur Schauspielerin. Sie übernahm in einem Film über meine kaukasische Schwiegermutter die Hauptrolle, nämlich die ihrer eigenen Person. In einer großartigen Szene spaziert sie in ihrem Garten herum und betrachtet nachdenklich die Pflanzen. In einer anderen hat sie Erde um die Kürbisse aufgehäufelt und einen Eimer voller Tomaten gepflückt – mustertaugliche rote Tomaten, die von dem Aufnahmeleiter zuvor persönlich an besonders bildhafte Stellen platziert worden waren. Und das zehn Mal hintereinander, wie das Kino eben so funktioniert. Dabei wirkte die Schwiegermutter sehr selbstbewusst und professionell. Auf jeden Fall glaubwürdiger als Jane.

AUFNAHMELEITER IN DEN BERGEN

Unser Aufnahmeleiter Vitali, ein gebürtiger Weißrusse, der für Frieden und Völkerverständigung am Set zuständig war, sieht sehr durchtrainiert aus. Nicht das Kino, der Sport ist seine heimliche Leidenschaft. Das hat schon im Kindergarten angefangen. Seine Auffassung vom Leben war dann auch eine sportliche, genauer gesagt: eine leichtathletische. Es ging stets darum, in der besten Zeit und als Erster ins Finish zu kommen und dabei so wenige Hürden wie möglich umzustoßen. Bereits mit sechs Jahren fing er an, sich professionell mit Sport zu beschäftigen, und seine Mutter, selbst eine leidenschaftliche Schwimmerin, brachte ihn zum Schwimmunterricht. Sie selbst schwamm sogar bei der Landesmeisterschaft für Weißrussland, und mehrmals verteidigte sie die Ehre ihrer Stadt in regionalen Wettbewerben.

Vitali hatte beim Schwimmunterricht eine wunderbare Trainerin, die Freundin seiner Mutter. Er schwamm drei Jahre unter ihrer Führung, dann wurde die Trainerin jedoch in eine andere Schwimmhalle versetzt, und Vitali hatte keine Lust, mit einer neuen Trainerin von vorne anzufangen. Er hörte auf zu schwimmen und machte den üblichen Rundgang durch alle Sportarten, die bei der weißrussischen Jugend besonders populär, beinahe schon Pflicht waren. Vitali ging zum Basketball-, zum Leichtathletik- und schließlich zum klassischen Kampftraining, mit dem er allerdings schon nach drei Tagen wieder aufhörte. Den Anblick schwitzender Männer, die auf dem Boden herumkrabbelten und einander in den Schwitzkasten nahmen, hielt er nicht aus und musste sich prompt übergeben. Er suchte weiter nach einer schönen und möglichst geruchlosen Sportart. Sein Vater brachte ihn daraufhin zum Eishockey, wo Vitali gleich am ersten Tag mit der Zunge am Tor festklebte.

»Das passiert hier jedem zweiten Anfänger«, beruhigte sein Trainer den Vater.

Als Eishockeyspieler brachte es Vitali ziemlich weit. Er spielte für die weißrussische Jugendmannschaft, fuhr durch die ganze Sowjetunion, bekam Medaillen und jene speziellen Coupons, die jungen Sportlern eine verbesserte Ernährung in allen Staatskantinen des Landes garantierten. Leider gab es auf diese Coupons weder Alkoholisches noch sonst etwas Spaßmachendes. Es ging nur um leistungssteigernde Ernährung. Aber Not macht erfinderisch, und so verkauften die jungen Sportler ihre wertvollen Coupons in den Kantinen für mickrige drei Rubel das Stück und kauften sich von dem Geld das wirklich Notwendige.

Eishockey lohnte sich. Trotzdem verzichtete Vitali, als er vor die Wahl gestellt wurde, auf eine Karriere als Profisportler und entschied sich stattdessen für das zivile Leben. Er blieb aber ein phantastischer Sportsfreund. Ganz egal, wohin ihn sein Schicksal verschlug, er machte seine Übungen zur Stärkung der Bauchmuskulatur, er sprang übers Seil, und er joggte. Zu seinen Joggingrouten gehörte beinahe die halbe Welt. Er ist in Kiew gejoggt, in Madrid, in Vechta, in Hamburg, in Berlin. Er ist sogar in Moskau gejoggt. Aber noch nie im Nordkaukasus. Er war überhaupt noch nie in dieser Gegend gewesen, abgesehen von einem Busausflug seines Pionierlagers am kaukasischen Gebirge entlang. Aber das war schon so lange her, dass er sich an nichts mehr erinnern konnte. Deswegen freute sich Vitali jetzt besonders auf die neuen kaukasischen Laufrouten.

Kaum im Hotel »Perle des Kaukasus« angekommen, zog sich Vitali Sportswear und Turnschuhe an und ging durch die Bergstadt Schelesnowodsk den Berg hoch, um dort zu joggen. Unsere Tonassistentin Tamara kam mit. Auch sie war eine leidenschaftliche Sportlerin. Allein Luis, der Regisseur unseres Films, blieb im Hotel. Er war gerade mit dem Festhalten seines Waschbeckens voll beschäftigt und konnte nicht einfach loslassen. Er hatte sich gleich beim ersten Gang ins Badezimmer versehentlich an das Becken gelehnt und war von den nur locker verschraubten kaukasischen Sanitäranlagen überrascht worden. Das Waschbecken fiel ihm quasi in die Hand. Im Kaukasus wird so gut wie nichts festgeschraubt – die Menschen hier vertrauen einander. Dementsprechend sind auch die meisten Waschbecken nur leicht an der Wand befestigt, und man darf sich nicht wie in Deutschland auf ihnen aufstützen.

Vitali und Tamara joggten inzwischen schnell den ersten Berg hinauf und wieder hinunter, dann wieder hinauf und wieder hinunter. Oben schien die Sonne, unten blitzte ein kleiner See, links und rechts davon war bis an den Horizont die Steppe zu sehen. Hohes Gras mit kleinen bunten Blümchen, die langsam welkten. Ein Sinnbild der Freiheit: eine schöne, absolut leere Landschaft. Keine Jogger, überhaupt keine Menschen waren weit und breit zu sehen, nur ein großer schwarzer Vogel saß auf einer umgefallenen ausgetrockneten Kiefer, im Schatten strömte ein kleiner Bach. Es war eine perfekte Joggerstrecke, nur vielleicht etwas zu einsam.

Vitalis Plan war, von den Bergen hinunter zum See zu joggen, vielleicht noch ein paar Mal um den See herum und dann ins Hotel zurück. Er und Tamara liefen erst um den einen, dann um den nächsten Berg herum, doch kaum hatten sie einen Bergweg hinter sich gelassen, eröffnete sich ihnen ein neuer, der wieder steil nach oben führte. Sie fanden sich jedes Mal auf einem anderen Berg wieder und kamen dem See keinen Meter näher. Die Sonne knallte inzwischen vom Himmel, ein Vogel saß auf einem umgestürzten Baum, ein Bach sprudelte und glänzte im Licht. Es wurde ihnen klar: Sie hatten ihre Joggingrunden im Kreis gedreht.

Tamara sagte, es reiche ihr, ihre Kondition habe bereits ungeahnte Dimensionen erreicht, sie fühle sich inzwischen mehr als fit und würde sich nun gerne zurückziehen. Sie wollte nicht mehr versuchen, um jeden Preis zum See zu kommen, sondern sich auf den Rückweg zum Hotel machen. Vitali war sich unsicher, ob ein Rückzieher in dieser Situation das Richtige war. Er schlug vor, noch höher auf den Berg zu klettern, um eine bessere Sicht zu haben. Der Weg nach oben führte zwar durch den Wald und war zum Joggen ungeeignet, dafür konnte man sich bestimmt von dort oben besser orientieren. Tamara war nicht einverstanden. Sie trennten sich, Tamara joggte zurück und verlief sich in der Steppe, Vitali kletterte nach oben und ging im Dickicht des Bergwalds verloren.

Er irrte lange zwischen den Bäumen herum, bis er unerwartet auf einen Mann in dickem Mantel mit Hund und Gewehr traf. Der Mann wollte Vitali nicht glauben, dass er tatsächlich aus Schelesnowodsk bis hierher gejoggt war. Nach Aussage des Mannes befanden sie sich in der Nähe der Stadt Kislowodsk, 25 Kilometer nördlich vom Hotel »Perle des Kaukasus«. Er kenne sich in der Gegend gut aus, versicherte der Mann mit dem Hund und dem Gewehr, schließlich wäre er seit 1963 stellvertretender Förster und irre seit beinahe einem halben Jahrhundert beruflich in diesem Wald herum. Der Förster schätzte Vitalis Lage als zum Nachdenken anregend, aber nicht hoffnungslos ein. Für jedes komplizierte Problem haben die Menschen im Kaukasus eine einfache Lösung. Natürlich gäbe es eine geheime Abkürzung nach Schelesnowodsk, meinte der Förster und zeigte in eine Richtung, wo der Wald besonders dicht und undurchdringlich schien.

»Du gehst diesen Waldweg entlang«, sagte er zu Vitali und zeigte auf einen unsichtbaren Weg, den wahrscheinlich nur er erkennen konnte. »Du gehst immer weiter geradeaus, bis du in eine Sackgasse gerätst, wo ganz viele Büsche und alte Bäume übereinanderliegen. Diese Baumsperre habe ich persönlich errichtet, damit Fremde diese Abkürzung nicht sehen. Normalerweise würde ich sie niemandem zeigen, aber du machst einen guten Eindruck, dir möchte ich helfen. Du kletterst also über die alten Bäume, und auf der anderen Seite siehst du den bequemen Weg nach Schelesnowodsk – immer bergabwärts.«

Vitali ging durch den Wald, fand die Baumsperre, kletterte unter großer Anstrengung über die Bäume und fand auf der anderen Seite tatsächlich den besagten Weg. Dieser wurde jedoch schnell enger und endete auch nicht in Schelesnowodsk, sondern an einer noch größeren unpassierbaren Baumsperre. Auf der anderen Seite der Baumsperre sah Vitali erneut einen Menschen, der aus der entgegengesetzten Richtung kam und genau wie Vitali mit dem Buschwerk kämpfte. Noch heute früh sei er ein normaler Urlauber aus St. Petersburg gewesen, rief ihm der Mann zu. Jetzt fühle er sich jedoch wie Robinson. Er wollte nur kurz im Wald spazieren gehen, nun suche er seit vier Stunden vergeblich den Weg zurück. Er sei sich aber sicher, dass sich hinter ihm weder Schelesnowodsk noch irgendeine andere Stadt befände.

»Wo Sie hinwollen, ist auch keine zu sehen«, versicherte ihm Vitali traurig. Der Mann kämpfte sich trotzdem in die falsche Richtung weiter durchs Unterholz.

Auch Vitali wollte in dieser idiotischen Lage nicht aufgeben. Er joggte zurück. Nach einer Stunde traf er wieder auf den Förster. Er sei genau auf dem richtigen Weg gewesen, erklärte der Förster ihm seinen Fehler. Den zweiten Schutzwall habe er ebenfalls errichtet, um den Wald vor fremden Joggern zu schützen. Schließlich sei er seit vielen Jahren in diesem Forst im Einsatz und habe einiges vollbracht, gab der Förster stolz an. Auf einmal wurde Vitali schwach ums Herz. Er begriff, dass er wahrscheinlich niemals wieder die Sonne sehen werde und stattdessen Jahr um Jahr in diesem schweigenden Wald hin- und herjoggen, über Baumsperren klettern und sich mit schwachsinnigen Förstern unterhalten musste, bis er eines Tages selbst zu einem Förster mutiert war und Fallen für Jogger und andere Naturliebhaber baute.

Er müsse noch einmal zu dem zweiten Schutzwall zurück und drüberklettern, forderte der Förster ihn auf.

Während Vitali sich noch mit dem Mann unterhielt,

lief Tamara sechs Mal um den schwarzen Vogel herum, und Luis hielt mit beiden Händen das Waschbecken fest. Er drückte es an seine Brust, als wäre dieses Waschbecken seine beste Freundin. Vor dem Hotel unterhielt sich die örtliche Jugend laut schimpfend und küsste sich innig an der Bushaltestelle. Hinter dem Hotel feierten die Straßenköter mit lautem Bellen eine Hundehochzeit. Dreharbeiten im Kaukasus sind eine echte Herausforderung.

EINIGE BESONDERHEITEN DES LESEVERHALTENS IM NORDKAUKASUS

Das Erbe des Sozialismus – kleine niedliche Zeitungskioske, die schon um sechs Uhr früh auf hatten, um die Bürger aufzuklären und sie mit den aktuellen Nachrichten zu versorgen – ist längst aus den Metropolen verschwunden. Manche verwandelten sich in Zigarettenkioske, Hotdogbuden oder kleine Video-Shops. Auf den Straßen der kaukasischen Städte kann man jedoch noch an jeder Ecke einen authentischen sowjetischen Zeitungskiosk besichtigen inklusive authentischer sowjetischer Verkäuferin. Das Warensortiment reicht von Spielzeug bis Kosmetik, es gibt dort Kugelschreiber, Lutscher und Luftballons, aber keine Zeitungen und Zeitschriften. Die Kaukasier wollen keine Zeitung lesen. Auch die seltenen Buchläden sind hier in erster Linie für die Belieferung der Schüler mit Lehrbüchern zuständig. Viele Zeitungen werden umsonst verteilt oder den Menschen vor die Haustür gelegt. Es sind von staatlichen Behörden verbreitete Blätter mit Berichten über das politische Leben in der Region, die gern mit nach Hause genommen und als Verpackungspapier benutzt werden.

Von allen Druckerzeugnissen lieben die Kaukasier Kalender am meisten. Sie werden nicht nur an den Kiosken, sondern überall, sogar auf der Straße, von

Einzelhändlern angeboten. So wie im Westen Pakistani mit Blumensträußen durch die Gegend laufen, so kleben sich die Kalenderträger in den Parkalleen an die Passanten oder laufen in den Regionalzügen durch die Waggons. Die Vorliebe für Kalender ist nur zu verständlich. Während Zeitschriften und Zeitungen fast ausschließlich den Klatsch und Tratsch der Großstädte weitertragen und von dem fremden, unwirklichen Spaßleben irgendwelcher Oligarchen berichten, die noch nie jemand gesehen hat, erzählt ein Kalender vom realen Leben.

Eigentlich hatten die Russen schon immer eine Vorliebe für Kalender. Sie sind Kalendermenschen, und besonders stark war diese Vorliebe in den ländlichen Gegenden ausgeprägt. Die Gründe dafür müssen in der Geschichte des Landes, in der Mentalität der Bevölkerung liegen. Sag mir, was du liest, und ich sage dir, wo du herkommst – so oder so ähnlich behauptete Euripides. Ich stimme ihm zu. Die Deutschen zum Beispiel mögen Zeitungen. Die Zeitung gehört zum Frühstück wie das Brötchen und der Kaffee. Ich habe nachgeschaut: In Deutschland werden seit dem 14. Jahrhundert Zeitungen gedruckt. Das Land war schon damals mehr oder weniger dicht besiedelt, und die Menschen machten ständig Verbesserungsvorschläge, wie man das Nebeneinander noch besser organisieren könnte. Manche waren dafür, andere dagegen, und dementsprechend gab es hier bereits seit dem 14. Jahrhundert täglich jede

Menge Neuigkeiten, die an den Mann gebracht werden mussten.

In der bäuerlichen, endlosen Steppe Russlands waren Kalender von Anfang an weiter verbreitet als alle Zeitungen. Diese Kalender waren keine Eintagsfliegen, sie mussten nicht jeden Tag gedruckt werden, sondern kamen in der Regel nur einmal im Jahr heraus und konzentrierten sich im Wesentlichen auf den Kreislauf der Natur. Mit ihren wichtigsten Nachrichten erfassten Kalender besser als jede Zeitung die Bewegungen des Lebens in ihrer Unendlichkeit, Unbeschränktheit, ihrer ständigen Wiederholung, letzten Endes ihrer Unfassbarkeit. Der Kalender diente als Zeitanzeiger und als Wecker, brachte Ewiges und Aktuelles zusammen auf ein Blatt: »Sieh an, der Winter ist da!«, zeigte der Kalender, »Pass auf, der Frühling kommt!«, »Freu dich, es ist endlich Sommer«, »Denk nach, es ist schon wieder Herbst«. Kalender erinnerten die Menschen daran, wann sie zu säen und wann sie zu ernten hatten, was wann gefeiert und wann getrauert werden musste. Zu jedem Tag gab es in einem solchen Bauernkalender die passende Weisheit, die dem Menschen helfen sollte. Alte Volksweisheiten, die aus einer tausendjährigen Lebenserfahrung entstanden waren und deren Sinn heute völlig verloren gegangen zu sein scheint: »Je frischer der Mist, desto kräftiger der Roggen«, »Je stärker die Sonne, desto länger der Schatten« und »Was ein Dummer zusammenknotet, kriegen hundert Weise nicht mehr auseinander«.

Lange Zeit spielten Kalender die Rolle der Unterhaltungsliteratur in Russland, sie waren Belletristik und Sachbuch in einem. Die leidenschaftlichen Liebes- und Ritterromane, nach denen im Westen so viele Leser fieberten, ließen die Russen kalt. Selbst auf dem Höhepunkt der Krimi-Mode, als die westliche Welt mit Spannung verfolgte, wie die berühmtesten Detektive ihre brisantesten Fälle lösten und noch die rätselhaftesten Morde aufklärten, wobei der oder die Verbrecher am Ende stets gefasst wurden und ihre gerechte Strafe bekamen, hielt sich die Begeisterung des russischen Lesepublikums für Krimis in Grenzen. Der klassische Detektiv setzt einiges voraus, was der russischen Gesellschaft schon immer gefehlt hat: ein ausgeprägtes Rechtsbewusstsein, ein stark entwickeltes Gefühl für die Unantastbarkeit fremden Eigentums, letzten Endes logisches Denken und die Lust, die Folgen einer Handlung bis ins kleinste Detail zu berechnen. Alles Eigenschaften, die die russische Gesellschaft nicht besaß, vielleicht weil sie zu wenig Zeitung und zu viel Kalender las. Die Russen handelten gerne unlogisch, lebten in großen Gemeinden und zogen nicht immer eine Grenze zwischen Dein und Mein. Sogar das Lesen fand meistens gemeinschaftlich statt, indem in einer Runde vorgelesen wurde.

Die Russen haben sich bis heute nicht geändert. Sie sind Fatalisten, die mehr an das Schicksal glauben als an das Gesetz, mehr an die Natur als an juristisch

Kleingedrucktes. Und schon gar nicht interessiert sie, wer der Mörder ist. Dementsprechend haben sie auch keine Freude an seiner Verhaftung. Dafür haben die Russen über Jahrhunderte ihr eigenes Genre entwickelt, den sogenannten Überraschungsroman, in dem alles möglich ist und sogar Wunder geschehen. So kann zum Beispiel ein ganz armer Kerl plötzlich einen Sack voll Geld auf der Straße finden oder ein armer Junge eine Zarentochter heiraten. Das Glück lauert an jeder Ecke, es kann jeden treffen – oder vorbeirauschen, lautet die Botschaft dieser Romane.

So etwas liest man noch heute im Kaukasus gerne. Alle Überraschungen sind hier herzlich willkommen. Es ist uns nicht gegeben zu wissen, was kommen wird und wie sich unsere Taten auf die Umwelt auswirken. Deswegen machen sich die Menschen hier keine Sorgen wegen fehlender Versicherungspolicen. Sie trinken leichtsinnig aus nicht beschrifteten Flaschen, gehen nicht wählen, schnallen sich im Auto nicht an und fahren ständig auf der Gegenspur, um jemanden zu überholen, was selten gut endet. Und in jedem Haus hängt ein schöner Kalender an der Wand.

GELD VERDIENEN UND AUSGEBEN IM NORDKAUKASUS

Die traurigen Fernsehberichte über die Folgen der russischen Finanzkrise nahmen meine Kaukasier gelassen zur Kenntnis. In der Steppenstraße hat die Krise nicht zugeschlagen. Das bemitleidenswerte Schicksal der russischen Oligarchen, die tagein, tagaus Milliarden verloren, ebenso wie der Amok gelaufene Börsenmakler, der das letzte übrig gebliebene Lenindenkmal am Finnischen Bahnhof in die Luft sprengte, sowie die sinkenden Ölpreise und die eine oder andere verkaufte Luxusyacht, über die im Fernsehen mit kaum verhohlener Schadenfreude berichtet wurde – all das ließ die Steppenstraße kalt. Die einzige Meldung, die dort große Aufmerksamkeit erregte und an mehreren Abenden detailliert bei Wein und Cognac diskutiert wurde, war die tragische Abwicklung der Kleinstadt Pikalewo im Oblast Leningrad, die in den Medien ebenfalls auf große Resonanz gestoßen war. Sie fing als unspektakuläre Krisengeschichte an:

Wegen fehlender Aufträge wurde die einzige Zementfabrik in Pikalewo geschlossen und das Gehalt für die letzten drei Monate nicht mehr an die Arbeiter ausgezahlt. Zuerst hielt sich die halbe Stadt mit sogenannten Überbrückungskrediten über Wasser, Krediten, die für Lebensnotwendiges vergeben wurden, nicht zum Kauf von teuren Fernsehgeräten oder neuen Autos. Das Ganze war auf der Vermutung aufgebaut, dass die Zementfabrik nicht für immer geschlossen bliebe, die Krise vorübergehe und wieder Zement gebraucht werde. Die ganze Geldmetropole Moskau würde doch aus Glas und Beton bestehen, und ohne Zement könnte man weder mit Glas noch Beton etwas anfangen. So die Argumentation der Bewohner gegenüber der Bank. Doch ihre Rechnung ging nicht auf. Nach einigen Monaten Arbeitslosigkeit bewegte sich noch immer nichts in der Fabrik, die einzig verbliebene Bank machte dicht, und es wurde kein neues Geld in die Automaten geladen. Große Angst breitete sich in der Stadt aus. Die einen wirkten wie betäubt, die anderen suchten heftig nach außergewöhnlichen Lösungen für ihr Problem. Auf die Idee, ihre sterbende Stadt zu verlassen und sich nach einer anderen Heimat mit einer noch funktionierenden Fabrik umzuschauen, auf diese im Kapitalismus als »große Freiheit der Mobilität« und »Anpassungsfähigkeit an die Gesetze des Marktes« gelobte und geförderte Lösung aller Probleme sind die Bewohner nicht gekommen. Sie hingen an ihrem Städtchen. Sicher kann man als Sklave des Marktes jederzeit seine Arbeitskraft egal wohin verlegen, aber die sozialen Verbindungen, die ganze Struktur einer Stadt, kann man nicht mitnehmen – den guten Ruf, die Autorität, all das, woraus das Soziale des städtischen Lebens besteht. »Hier wissen alle, dass ich die besten Gurken in der Stadt einlege, und wer weiß es dort?«, brachte es eine Frau aus Pikalewo im Fernsehen auf den Punkt, als die Journalisten sie fragten, warum sie nicht an einen anderen Ort gehe, um Arbeit zu finden.

Am Tiefpunkt angekommen, verwandelte sich die traurige Geschichte vom Untergang der Stadt Pikalewo plötzlich in ein Aschenputtelmärchen mit vorläufigem Happy End. Während die Männer von Pikalewo schon jede Hoffnung aufgegeben hatten und nur noch dauerangelten, zogen die Frauen von Pikalewo ihre besten Kleider und Schuhe mit hohen Absätzen an, wanderten in diesen schönen, obwohl unbequemen Sachen acht Kilometer durch Wälder und Felder bis zur russischen Autobahn, der stark befahrenen föderalen Straße A114, und besetzten sie sieben Stunden lang. Man erzählte, der Stau, den sie verursachten, sei 400 Kilometer lang gewesen. Weil sie gewusst hätten, dass das Fernsehen kommen würde, hätten sie sich so schick angezogen, wurde den Frauen von Fernsehjournalisten vorgehalten. Aber nein, konterten sie, wir in Pikalewo achten immer auf unser Aussehen, auch ohne Fernsehen.

Nach sieben Stunden Stau kam die gute Fee in Gestalt von Premierminister Putin mit einem Hubschrauber angeflogen. Er bestellte den Oligarchen, dem die Zementfabrik gehörte, zu sich und forderte ihn in harschem Ton auf, die Fabrik sofort wieder in Betrieb zu nehmen. Der Filmbeitrag über dieses Treffen wurde nicht nur in den Abendnachrichten gesendet, er kam auch ins Internet und wirkte wie ein Putin-Werbespot. Besonders die Szene, in der er dem Oligarchen seinen Kugelschreiber zum Unterschreiben der zahlreichen Dokumente gab und sofort nach der Unterzeichnung befahl »Kugelschreiber zurück«. Noch bevor Putin wieder abgereist war, kamen schon die ersten Geldtransporter in die Stadt und füllten die Automaten wieder mit frisch gedruckten Rubelscheinen auf. Eine halbe Stunde später liefen schon die Kinder durch die Straßen, bunte Tütchen in der Hand mit Chips, Eis und Schokoriegeln. Ihre Eltern hatten das neue Geld also bereits abgehoben. Pikalewo war durch den beispiellosen Einsatz seiner Frauen gerettet – zumindest einmal für die nächsten drei Monate – und war dadurch zur berühmtesten Stadt Russlands aufgestiegen. Die Fernsehzuschauer allerorts atmeten erleichtert auf.

»Gut, dass wir an keine Fabrik und an kein Finanzsystem gebunden sind und große Gärten haben«, meinte Onkel Joe dazu. In der Steppenstraße und den umliegenden Dörfern gibt es tatsächlich keinen Geldautomaten und keine Bank. Auch große Auftraggeber fehlen. Die Menschen begreifen hier ihre Arbeit nicht als Leistung, sondern schuften aus Leidenschaft, ob im eigenen Garten, um die Ernte zu sichern, oder im Café als Koch, wo eigentlich nur Bekannte, Verwandte und Freunde zu Mittag essen. Der einzige Lebensmittelladen des Dorfes erlaubt seinen Kunden anzuschreiben. Der Laden gehört zwar zu irgendeiner global operierenden Kette, die wiederum einer anderen Kette und letzten Endes einem Lebensmittel-Oligarchen gehört, der lässt sich aber im Kaukasus nicht blicken, erst recht nicht in unserem Dorf. Er weiß vermutlich nicht einmal, dass er dort einen Laden besitzt. Einmal im Monat kommt stattdessen ein junger Armenier, ein Kurier, der frische Ware bringt und das vorhandene Geld aus der Kasse abholt. Alle wissen, der eigentliche Chef des Ladens ist die Verkäuferin Alla, die Tochter des Imkers Juri Wladimirowitsch. Sie entscheidet, was wem und für wie viel verkauft wird. Der Vater von Alla nutzt ihre Stellung, um seinen Honig dort zu vertreiben. Eine andere Dorfbewohnerin, die als Einzige noch zwei Kühe besitzt, verkauft in dem Laden ihre hausgemachten Milchprodukte. Von dem Oligarchen kommen eigentlich nur Chips, Schokoriegel und Bonbons, auf die die Kinder stehen, und riesige Schokotafeln, die von den Dorfbewohnern eher ungern gegessen werden.

Am sogenannten Rententag, in der Regel der letzte Montag des Monats, bringt der Briefträger die Rente ins Dorf. Damit werden dann jedes Mal die Rechnungen im Lebensmittelladen beglichen. Alla bekommt ihr Gehalt vom armenischen Kurier ausgezahlt, ihr Vater verdient auf dem Markt, die anderen Bewohner der Steppenstraße verdienen ihr Geld unregelmäßig und immer an einem anderen Ort – irgendwo in den vier Städten, die sich in der Nähe des Dorfes befinden. Der eine versucht sich als qualifizierter Bauarbeiter auf verschiedenen Baustellen, ein anderer fährt mit seinem Lada schwarz Taxi – vor allem fährt er die Urlauber von einer Mineralquelle zur nächsten. Der Mann von Alla, ein großer Dagestaner mit angeborenem Schnurrbart, arbeitet ebenfalls in der Stadt – als »Security« in einem Juwelierladen, wo er schon allein mit seinem mächtigen Schnurrbart alle potentiellen Diebe abschreckt.

All diese Menschen arbeiten von Fall zu Fall. Mal geht es auf den Baustellen in der Stadt nicht weiter, mal kommen die Urlauber nicht, der Lada geht kaputt oder der Juwelierladen schließt für unbegrenzte Zeit. Aber irgendjemand im Dorf hat immer Geld und hilft den anderen, die Arbeitspause finanziell zu überbrücken. Auf diese Weise können die Rechnungen im Lebensmittelladen und die Telefonrechnungen immer wieder beglichen werden. Wenn umgekehrt alle gleichzeitig gut verdienen, auch das passiert manchmal, legen sie ihr Geld zusammen und kaufen etwas Nützliches für das Dorf oder zur Verbesserung der Straße: eine Kiste Bier zum Beispiel. Letztes Jahr, nachdem die ersten Fernsehberichte über Pikalewo gesendet worden waren, hatten sie etwas Geld zusammengelegt und eine Art Stiftung zur gegenseitigen Hilfe gebildet, Volksgeld für den Fall der Fälle: Wenn zum Beispiel jemand dringend eine Hochzeit feiern oder medizinisch behandelt werden muss, aber finanziell nicht dazu in der Lage ist.

Das war endlich der erste Schritt in die richtige Richtung, meinte Onkel Joe, der solche solidarischen Projekte sehr unterstützt. Er träumt schon seit Jahren davon, die Steppenstraße vollständig zu asphaltieren. Bis jetzt haben nur einige Einwohner ihre eigenen Ausfahrten vor dem Haus asphaltiert. Und im Herbst verwandelt sich die Steppenstraße schnell in einen Sumpf, den man nur in kniehohen Gummistiefeln betreten kann. Asphalt ist aber teuer, nur gemeinsam könnten sie die Finanzierung bewerkstelligen. Die Einwohner sparen schon seit 1996 nach Kräften für dieses Projekt, und sie hätten die Straße schon längst asphaltiert, wenn es nicht ständig zu sogenannten unvorhergesehenen Ausgaben käme. Leider hat jede Familie solche Ausgaben, die zum einen zu privat sind, das heißt, nicht aus der Gemeinschaftskasse bezahlt werden können, zum anderen aber auch existentiell notwendige Investitionen sind.

Die Verkäuferin Alla investiert zum Beispiel Unsummen in ihre künstlichen Fingernägel. Vor einigen Jahren hatte sie sich diese Nägel aus Verzweiflung in einem Salon in Patigorsk ankleben lassen, damit in ihrem Leben endlich etwas passierte. Die Nägel waren damals dreifarbig, rosa-blau-weiß, sie kosteten 2000 Rubel und erinnerten entfernt an die russische Flagge. Sie brachten auch tatsächlich große Veränderungen in

Allas Leben. Mit den neuen Fingernägeln krallte sie sich den Türsteher vom Juwelierladen und bekam den Job im dörflichen Lebensmittelkiosk. Seitdem glaubt sie, dass diese Fingernägel ihr Glück bringen. Doch die Nägel verlangen auch viel: regelmäßige Wartungsarbeiten, mindestens alle drei, besser alle zwei Wochen. Diese Fingernagelkorrekturen kosten Alla über die Hälfte ihres Gehaltes. Im Grunde arbeitet Alla nur für ihre Fingernägel. Das meiste Geld geht für Korrekturen drauf, den Rest gibt sie für Kosmetik aus, die zu ihren Nägeln passt.

Der Taxifahrer im Dorf hatte ebenfalls unvermeidliche Ausgaben. Er träumte von einem neuen Auto, spielte Lotto und bekam eines Tages tatsächlich ein Gewinnerlos. Eine Firma, die mit Autos handelte, teilte ihm mit, dass er einen Opel Astra gewonnen habe. Sie könnten diesen aber nur bis nach Rostow liefern. Von dort müsste er sein Auto von einem firmeneigenen Kurier abholen lassen, der ihm das Auto bis vors Haus fahren würde. Der Kurier sollte 60 000 Rubel kosten. Der Taxifahrer überlegte nicht lange, und statt den Gewinnerbrief in den Mülleimer zu werfen oder mindestens sich selbst auf die lange Reise nach Rostow zu begeben, um den Schurken persönlich in die Augen zu schauen, nahm er auf die Schnelle in der Bank in Mineralnye Wody einen Kredit auf und überwies 60 000 Rubel an den vermeintlichen Kurier in Rostow. Das war vor zwei Jahren. Der Opel Astra ist noch immer nicht angekommen. Zunächst lachten alle im Dorf den Taxifahrer herzlos aus, inzwischen lachen sie nicht mehr. Sie haben Mitleid mit ihm. Er selbst verliert trotzdem nicht die Hoffnung: Vielleicht hat der Kurier sich bloß irgendwo in der Steppe zwischen Rostow und Mineralnye Wody verfahren, so dass er also nicht umsonst seinen Kredit abzahlt.

Die Familie Muchin schickt ihr kleines Geld regelmäßig von der Steppenstraße nach Sibirien, wo es ihr verschollener Sohn regelmäßig bei der Post abholt. Eigentlich war er vor zwei Jahren nach Sibirien gegangen, um dort einen anständigen Job in unmittelbarer Nähe einer Öl-Pipeline zu finden und mit dem Geld seine Eltern und den jüngeren Bruder zu unterstützen. Aus bisher ungeklärten Gründen ist es dem Mann jedoch noch nicht gelungen, die sibirische Ölleitung anzuzapfen. Sein Stolz erlaubt es ihm aber nicht, mit leeren Händen zurückzukommen, deswegen überweisen ihm die Eltern jede Kopeke, die sie übrig haben, nach Sibirien.

Und deswegen verschlammt die Steppenstraße im Herbst immer noch und bestätigt damit das uralte Klischee, die angebliche Bemerkung eines russischen Zaren: Das größte Problem Russlands sei der schlechte Zustand der Köpfe und der Straßen. Mag sein, dass der Zar Recht hatte, doch man weiß nicht von ungefähr, dass auch und gerade der Weg zur Hölle bestens asphaltiert ist.

DIE TRÜMMER ALTER ZIVILISATIONEN

Der Tag beginnt bei meiner Schwiegermutter mit einem anständigen Frühstück. Sie steht früher als wir auf und holt Brot, Käse und frische Milch aus dem Laden, in dem die Besitzerin der letzten zwei Kühe des Dorfes glücklicherweise als Verkäuferin tätig ist. Deren Milch ist so dick, dass der Löffel im Glas stehenbleibt. Während des Frühstücks in Schwiegermutters Küche müssen wir fernsehen. Das Fernsehgerät ist immer angeschaltet. Es steht direkt vor dem Küchentisch zwischen zwei großen Kühlschränken und zeigt zum Frühstück das russische Vormittagsprogramm. Der Apparat hat insgesamt sechs Kanäle und noch zwei zusätzliche, die mir unbekannt sind, weil sie am Vormittag nicht ausstrahlen. Abends sitzen wir nämlich nicht in der Küche, wir essen auf dem Hof.

Von den sechs Kanälen ist einer das Regionalprogramm, das sogenannte »Maschuk TV«, nach jenem Berg benannt, wo der russische Dichter Lermontow sich einst zu Tode duellierte. Dort steht heute eine hohe Antenne, die man schon von weitem sieht. Ferner gibt es einen Nostalgie-Kanal, in dem nur optimistische sowjetische Filme laufen: Lobeshymnen auf die frühere Zeit, auf große Bauvorhaben, die inzwischen nach und nach auseinanderfallen, auf friedliches

Kolchosenleben, das in Wirklichkeit Millionen in den Hunger trieb, und auf den heroischen Sieg des sowjetischen Volkes im Zweiten Weltkrieg, wobei die Maschinengewehre, die in den Rücken des Volkes zielten, in der Regel ausgeblendet werden. Auf den anderen vier Kanälen läuft Werbung für das heutige russische Leben. Ein Werbespot jagt den nächsten, schlüpfrige Bilder voller bunter Joghurts, robuster Waschmaschinen und toller Rasierapparate. Irgendwie alles sehr nass.

Sogar meine Kinder, die dem Fernsehen als Medium noch nicht so kritisch gegenüberstehen, geben zu, dass das russische Fernsehen noch langweiliger ist als das deutsche. Die Programme, die vom Berg Maschuk gesendet werden, Berichte über neue Bauvorhaben im Kaukasus, wann die Kirche im Dorf X fertiggestellt wird, und wie sich die Preise für Schinken und Wurst infolge der aktuellen Schweinegrippe entwickeln, diese Programme nehmen die Kinder nicht richtig mit. Bei den sowjetischen Filmen verstehen sie nicht, wovon überhaupt die ganze Zeit geredet wird. Und was die restlichen Kanäle betrifft, dort werden ähnliche Inhalte wie in Deutschland transportiert, nur mit dem Unterschied, dass in Deutschland vielleicht alle zehn Minuten eine Werbepause eingelegt wird und in Russland alle drei Minuten.

In der Regel wird in den Pausen immer derselbe Werbespot gezeigt, damit sich die Zuschauer besser konzentrieren können und nicht durch ein zu großes Warensortiment verwirrt werden. Da kommt zum Beispiel eine Blondine ziemlich aufgeregt nach Hause und erzählt ihrem Mann, sie habe sein Lieblingsauto gerade im Sumpf versenkt, für immer und ewig. Der Mann ist außer sich vor Wut und will seine Frau dafür auf der Stelle erschlagen. Zuerst muss er sich aber rasieren. Und sieh an, beim Rasieren geht eine seltsame Verwandlung mit ihm vor: Entweder durch ein neues Deo oder einen Rasierschaum, den ihm die Blondine zuvor geschenkt hatte, kommt der Mann in eine unglaublich fröhliche Stimmung. Er will die Blondine gar nicht mehr erschlagen, im Gegenteil: Er fordert sie geradezu auf, auch alle seine restlichen Autos noch zu Schrott zu fahren, wenn er nur diesen einen Rasierschaum weiter benutzen darf. Dann wird kurz die russische Big-Brother-Variante »Unser Haus« gezeigt, und nach drei Minuten kommt die autofreie Blondine wieder zu dem Rasierschaum-Mann zurück.

Zu Beginn jeder vollen Stunde laufen Nachrichten: im Westen nichts Gutes. Erdbeben, Bankräuber, Waldbrände, Piraten – der Westen erweist sich in den russischen Nachrichten als völlig verwahrlost. Aus dem Osten wird ebenfalls über bestimmte Schwierigkeiten berichtet, aber hier, anders als im Westen, packen die Menschen die Probleme an. Ich schaute mir das Ganze mit einem Auge aus einem scharfen Winkel vom Frühstückstisch aus an und regte mich gelegentlich über den Blödsinn auf. Doch im Großen und Ganzen ist es idiotisch, sich übers Fernsehen aufzuregen. Nach einer halben Stunde hatte ich schon wieder alles vergessen. Nur ein Satz, der immer wieder, jeden Tag, von einer tiefen Stimme gesprochen aus der Glotze kam, blieb hängen. Er irritierte mich: »Wir leben auf den Trümmern der alten Zivilisationen. Wir leben auf den Trümmern der alten Zivilisationen.« Dazu zeigte man ägyptische Pyramiden, die alten Städte der Inkas, Azteken und Mayas, die Kolosse der Osterinsel – Ruinen und Ausgrabungen weltweit. Wer sind wir, und auf den Trümmern welcher Zivilisationen leben wir? Wofür wirbt die tiefe Stimme mit dieser Aussage? Das fragte ich mich jedes Mal. Die Stimme ging auf die Frage aber nicht weiter ein. Auch in den russischen Zeitungen las ich oft, dass wir auf Trümmern leben.

Eines Abends begann Alexej, der Mann der Cousine meiner Frau, auf dem Hof ein Gespräch zu diesem Thema. Ob ich wüsste, dass wir auf den Trümmern alter Zivilisationen leben. Alexej erklärte mir, was ich ohnehin schon aus der Zeitung wusste. Dass bei den neuesten archäologischen Untersuchungen unter den Pyramiden uralte Schlüssel gefunden worden waren, die perfekt zu den Schlössern passten, die zuvor bei der Ausgrabung eines Kurgans in der südrussischen Ebene entdeckt worden waren. In den Städten der Indianer hatte man Zeichen an den Wänden entdeckt, die ur-kyrillischen Zeichen an den Wänden alter russischer Klöster ähneln würden. Und die Kolosse auf der Osterinsel hätten einen typisch slawischen Gesichtsausdruck, das hätten ebenfalls Wissenschaftler bestätigt. Nach der neuesten Theorie kommen die Russen direkt vom Mars, und das ist in Russland heute ein großes Thema.

»Unser Planet war früher von Menschen ganz anderen Schlages bevölkert«, erzählte mir Alexej, ein guter Tischler und nebenbei auch Philosoph. »Es waren Giganten mit riesigen Möglichkeiten. Sie waren klug, intelligent und konnten ohne Flugzeug fliegen. Eines Tages mussten sie die Erde aber aus persönlichen Gründen verlassen. Sie haben sich jedoch in den Russen genetisch fortgepflanzt, damit die Menschen, die nach ihnen kommen und den Planeten bevölkern, sich nicht verlassen fühlen müssen.« Die ganz normalen Russen, die wir kennen, seien in Wirklichkeit nicht irgendwelche Deppen, sondern Nachkommen der Außerirdischen. Unser Planet hätte es sonst nie so lange ausgehalten, die Menschen hätten sich längst gegenseitig umgebracht. Nur weil die Russen das Leid der Welt, ihre Zweifel und ihre Wut absorbierten, würde die Erde weiter bestehen, meinte Alexej.

Plötzlich wurde mir klar, woher diese lächerliche Mars-Theorie kam und warum sie so wichtig war. Ein Land sucht sich eine neue nationale Identität. Aufgewacht und tief in der Geschichtskiste grabend, hat man nur tragische Episoden, nichts Erfreulicheres,

Aufbauenderes, gar Vernünftigeres als die Außerirdischen gefunden. Nur die Sklaverei unter den mongolischen Horden des Dschingis Khan, die ständig im Kampf mit sich selbst gefangene Monarchie, die niemand in Europa anerkennen wollte, sadistische Zaren, erniedrigende Leibeigenschaft, blutrünstige Aufstände und Revolutionen, Kriege und Massenhinrichtungen, siebzig Jahre Knechtschaft in einem theatralisch-verlogenen Sozialismus. Danach kamen statt Wahrheit und Freiheit Kaugummi und Rasierschaum: »Mein Lieber, ich habe dein Auto zufällig zu Schrott gefahren.« Das kann doch nicht wahr sein, das ist ein Witz, ein Wink des Schicksals, eine kleine Abweichung von der Route der Weltgeschichte. Wir waren anders, wir waren Giganten. Und wir werden wieder Giganten sein. Dass wir im Moment keine Giganten sind, ist nur eine vorübergehende Phase. Wir leben auf den Trümmern der alten Zivilisationen, unserer Zivilisationen. Wir werden sie wieder aufbauen, und wir werden fliegen. Man muss nur stark daran glauben.